著 くろぬか 画 TAPI岡
JN027529
SANBAKA TRIO'S OTOKO-MESHI!
勇者になれなかった
三馬鹿トリオは、
今日も男飯を拵《こしら》える。

北《きた》山《やま》公《こう》太《た》
三馬鹿のリーダー。
東、西田とは幼馴染で、
一番の料理上手。
東《あずま》裕《ゆう》也《や》
三馬鹿の力担当。
ガタイに反して優しい心の持ち主。

西田《にしだ》 純《じゅん》
★
三馬鹿の後足。
無類の酒好き。
南《ミナミ》
★
元・奴隷の猫獣人。
三馬鹿の仲間になり、彼らの行動に
驚きっぱなし。
苦労して食材を集めた後は――

飯の時間
だぁぁぁぁ!!!

支部長
ギルドウォーカーのトップ。
冷静沈着、仕事人間。
アイリ・ノースフェルト
ギルドの受付嬢で、元ウォーカー。

OTOKO MESHI
SANBAKA TRIO'S OTOKO-MESHI!
勇者になれなかった
三馬鹿トリオは、
今日も男飯を拵《こしら》える。
YU-SHA NI NARENAKATTA
SANBAKA TORIO HA
KYOU MO OTOKOMESHI WO
KOSHIRAERU.
著 くろぬか
画 TAPI岡

CONTENTS

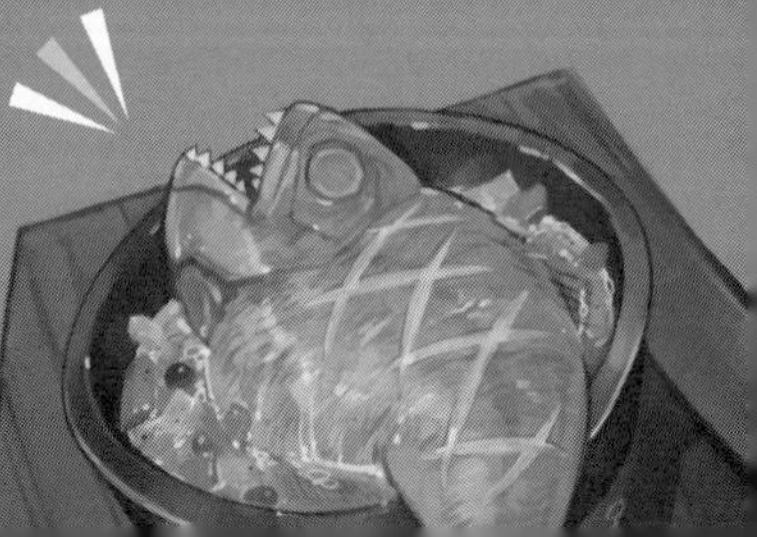

OTOKO MESHI

★★★

YU-SHA NI NARENAKATTA
SANBAKA TORIO HA
KYOU MO OTOKOMESHI WO
KOSHIRAERU.

【第一章】★ハズレガチャ

「成功だ！」

急に聞こえた大声に、思わずビクッ！　と肩を震わせた。

驚いて周囲を見回してみれば、大勢の人々がこちらに向かって興味深そうな視線を送っている。

見た事も無い豪華な大部屋、そして周囲に集まっている人達はローブや鎧と言った、随分と時代錯誤な恰好をしていた。

これってもしかしてアレだろうか。

目の前には王様っぽい人も居るし、周りには騎士風や兵士。

魔法使いっぽい恰好の方々、あっちは神官か？

まさかとは思うが、夢だったりするかもしれないが……それでも！

やはりコイツは異世界召喚ってヤツなんじゃ――――！

「こうちゃん？」

一人ガッツポーズで立ち上がった瞬間、後ろから声を掛けられた。

そこには、何故か見知った顔が二人。

「へ？　なんでお前らまで居るの？」

背後に居たのは、さっきまで一緒にネトゲをやっていた筈《はず》の友人が二人。

西田《にしだ》純《じゅん》、東《あずま》裕也《ゆうや》。

小学校からの幼馴染で、社会人になってからも一緒に遊んだりしている仲の友人達だった。

ちなみに俺が北山《きたやま》公太《こうた》。

東西北と揃っているので、後は南が居れば完璧だな！　なんて事を長年言い続けて来た三馬鹿トリオ。

そんな俺達は、揃いも揃って異世界へと強制連行されてしまったらしい。

まだ異世界かどうか分からないけど、雰囲気的にそういう事にしておこう。

「ご説明させて頂いてもよろしいですか？」

王様っぽい人の隣にいた、ちょっと偉そうなおじさんがこちらに話しかけて来た。

多分偉い人だ、あと顔が怖い。

「我々が行《おこな》ったのは勇者召喚という技法でありまして――」

……色々と長々説明を頂きました。

おじさんの話を簡略化すると、やはりココは異世界で合っているらしい。

そして定番中の定番、魔王とやらが居て、ソレに抗う為に異世界から勇者の〝称号持ち〟を呼んだらしい。

この称号って奴が、一番重要なんだとか。

なんでも〝勇者〟の称号を持っていれば、戦闘力が仲間も含めて大幅アップ。

しかもレベル概念があるらしく、レベルアップも物凄く早くなるらしい。

つまりチートや。チート野郎や。

そして誠に残念ながら、元の世界に戻る方法はないとの事。

とはいっても俺ら全員未婚な上、恋人のコの字もない。

両親は残してきてしまったが、文字通り三馬鹿だった俺達は親からの期待を受けてはいない。

だから良いという訳では無いが、あんまり向こうの世界に心残りが無いのは確かだ。

そして仕事は……見事に全員安月給な上にブラックに片足突っ込んだ様な所で働いていたので、むしろハッピー。

何より俺ら全員がゲーム好きで〝こういうお話〟も大好物という事もあってすんなりと話を聞き入れていた。

「という事ですので、まずは鑑定をさせて頂きます」

そう言って取り出したのは野球ボールくらいの水晶玉。

来たよ来たよ、来ましたよ。

俺達はチート組か？　それともゆっくり修行タイプか？

そわそわしながら待っていると。

「やべぇな、マジで異世界だよ。思いっ切りゲームの世界だよ」

俺と同じ様に落ち着かない様子で、西田が声を上げる。

こいつは完全に〝こっち側〟。

異世界アニメとか大好物で、一緒にネトゲしている時だって様々な妄想を膨らませているくらいだ。

容姿としては俺らの中で一番細く、背もそこまで高くない。

髪の毛はちょっと長めだが不衛生という雰囲気はなく、男にしては髪質が良い方と言えるだろう。

コイツはアレだ、魔法使いとか絶対に合うタイプだ。

「緊張するね……こういうのって誰か一人だけ不遇だったりするよね？　もし僕がそうだったとしても、見捨てないでよ？」

弱気な発言をかましているのが東。

もっと状況を楽しもうぜ！　とか言ってやりたくなるが、コイツは元々こういう性格なので無理だろう。

体格は三人の中では一番筋肉質、そして背の高い坊主頭に近い短髪。

だというのに、いつもちょっと気後れしてしまう小心者。

とはいえ柔道やら格闘技なんかも習った経験を持ち、変なのに絡まれた時とかは真っ先に先頭に立ってくれるのだ。

絶対タンクだよな、これは間違いない。

そんな様々な妄想を膨らませながらニヤニヤしていると、一人一個ずつ水晶玉を渡された。

「それを手に持ったまま、こちらのカードをもう片手に。そうすれば、貴方方《あなた》のステータスがカードに表示されます」

よし来た、待望の瞬間だ。
俺らのステータスはどんなモノなのか、穴が開くほどカードを凝視していると。
ゆっくりと文字が浮かび上がってくる。
日本語ではない、ないが……読める！　読めるぞぉ！

・北山　公太
・人族
・レベル1
・称号　なし
・職業　なし

うん？
うん、うん？
これだけ？　ステータスとか言うから、色々数字が並ぶのかと思っていたんだけど。
物凄くシンプル。
しかも称号無しじゃん。
俺巻き込まれ系？　商売とかして生きていくしかない？
そんな事を思いながら二人の顔色を窺えば、友人達も同じ様な表情をしていた。

「えっと、さ。どうだった？　〝勇者〟……あった？」

声を掛けると、二人共スッと視線を逸らしてから俺に向かってカードを見せて来た。

・西田　純
・人族
・レベル1
・称号　なし
・職業　無職

・東　裕也
・人族
・レベル1
・称号　隠れオタク
・職業　なし

アッ……と思わず声に出してしまった。
自分が不遇系とか思ってごめんなさい、二人のステータスの方が色々と悪意があった。
一人だけ称号持ちが居るけど、絶対に役に立たないと思われる。

え、というかコレ……不味くね？

全員不遇？　というかハズレ？

「では、カードを確認させて頂きます」

「え、いやちょっと個人情報なので」とか言いたくなったが、残念な事にあっさりカードを奪われてしまった。

そして見事に凍り付く怖い顔のおじさん。

ですよね、ソレ見たらそうなりますよね。

しかもソレが三枚もあるのだ。

「……」

沈黙が怖い、非常に怖い。

勇者呼ぼうと思ったら、スライム三匹呼んじゃったみたいな状況なのだろう。

そりゃ絶望もするさ、ガチャでハズレしか来なかったようなモノだもんね。

「……出ていけ」

「は？」

「出ていけと言っている！　この雑魚《ざこ》共が！」

怖い顔のおっさんが急にキレ始めた。

とはいえ、流石《さすが》にそりゃないだろうと言いたい。

勝手に呼び出され、無一文で放り出されるのか？

そればっかりはちょっとご勘弁願いたい。

普通に死ぬ。

「ちょ、ちょっと待って下さい！　そちらが私達を勝手に呼びつけて、望む者でなかったからと言って放り出すのですか⁉　あまりにも身勝手じゃないですか！　コレは誘拐と言っても過言ではないんですよ⁉」

西田が必死に声を上げるが、怖い顔のおっさんは無視して俺達のカードを王様っぽい人に見せる。

そして、王様が大きなため息を吐いてから。

「確かに、その者の言う通りだが……私達は多過ぎると言っていい代償を支払って、お主達を呼んだのだ。金、魔力、そして人の命までも。その全てを消費して呼び出されたのが……コレか」

コレ、呼ばわりである。

既に人扱いされていない。

マジでヤバいな、物語始まる前に終わっちゃうかもしれない。

できればそんな心配は杞憂で終わって欲しかったのだが……。

「摘まみ出せ」

異世界は、優しくなかった。

※※※

俺達三人は厳つい顔の兵士さん達に連れられ、城の中をドナドナ中。

出荷される訳でなく、お城の外へ捨てられるだけなんだけども。

「これから……どうなるんだよ俺ら」

「家も金も職もない……せっかく異世界に来たのに……」

完全諦めムードの二人が、何かボソボソと呟いている。

とはいえ、俺だって似たような状況な訳だが。

ホント、どうすりゃ良いんだよコレ。

なんて、死んだ魚の様な目をしながらトボトボ歩いていくと。

「見送りは私が替わります、貴方達は下がりなさい」

そんな声が、廊下の先から聞こえて来た。

「なっ⁉　しかし！」

「聞こえませんでした？　下がりなさい。私が替わります」

「危険です！　いくらレベルが低いとはいえ、この者達は――」

「黙りなさい、下がるのです」

やけに棘《とげ》のある言葉を放っているが、その声は随分と幼かった。

そして何より、視線の先には随分と綺麗なお嬢さんが立っている。

長い金髪を揺らしながら、凛としているその雰囲気は完全に王女様。

というか、兵士達が滅茶苦茶慌てている事からして、マジで王女様かもしれない。

それからというもの、渋々といった様子で兵士達は来た道を戻っていった。

良いのだろうか、俺達とこんな女の子だけを残して。

などと考えている内に、目の前の少女は深々と頭を下げて来た。

「本当に申し訳ありません、こちらの都合に巻き込んでしまって」

「あ、えっと、はぁ」

ろくな返事が出来ないまま、挙動不審になっていると。

「城の外まで案内いたします、その間に要点だけ話しておきますので」

そう言って歩き始める彼女の後に続くおっさん三人。

一応二十代後半なのでおっさんには早いかもしれないが、俺らの感覚ではおっさんなのだ。

「ココを出たら、まず最初にウォーカーギルドへ向かって下さい。城を出て真っすぐ行けば着きますが、分からなければ街の人間に尋ねて下さい。まずはそこで登録を。そうすればお仕事が貰える筈です」

ウォーカーっていうモノが良く分からないが、冒険者みたいなものだろうか？

口を挟んでしまうと余計な時間を取ってしまいそうで、口を噤《つぐ》んだまま彼女の説明を聞いていく。

「申し訳ありません、本来なら私達が保護するべきなのに……しかし父はソレを良しとしない。なので、貴方達には自分で生きて貰う必要があります。勝手に呼び出しておいて何を、と思うでしょうが……私に出来る事は少なくて……すみません」

「あ、いえ。その、大変ですね？」

良く分からない返事をしてしまうが、彼女は振り返って悲しそうに笑うだけだった。

ちなみに後ろの二人は一切喋ろうとしない。

俺と同じく社交的ではない上に、小さな女の子と何を喋ったら良いのか分からないご様子。

頼む、お前達も何か喋ってくれ。

俺も同じなんだ。

「それで、当面の資金と武具を用意しました。私のお小遣いと、兵士達のお古《ふる》なのであまり多くない金額と、状態の悪いモノですが……無いよりマシです」

そう言って、彼女は歩きながら革のポーチを差し出してきた。

……はて、これは？

腰とかにぶら下げられそうな、小ぶりな黒い革のポーチ。

受け取ってみるが、何かが中に入っている様子はない。

「あ、すみません。説明いたします。ソレは〝マジックバッグ〟と言って、見た目よりずっと多くの物を入れられる物です。その中に皆さんの装備と、金貨が三十枚程入っています」

おぉ、まさかのアイテム袋と来たか。

異世界モノの定番とも言える収納技術。

どれくらい入るのか非常に気になる、気になるが……でも、お高いんでしょう？

「これ、借りちゃっていいんですか？　こういうのって貴重だったりするんじゃ？」

「構いませんよ、ソレは私物ですから。それに、皆様には絶対に必要になるでしょうし」

「あ、ありがとうございます」

少女に超高価そうな物を頂いてしまった。

大人として最低ランクまで下がった気がする。

「皆さまは〝ニホン〟という国から来た……という認識でよろしいですか？　黒髪黒目ですし」

「あ、はい。そうです」

やはり何度か召喚が行われているのか、日本の事も知られている様だ。

なんて普通に納得しちゃうのは、最近の流行に染まっている証拠なのだろうか。

普通ならもっと色々と疑問持ちそうだよね。

そんな事を考えている間にも、彼女の説明は続いて行く。

「であれば、お金の説明を。今用意してあるのは金貨、それを三十枚。白金貨にまとめる事も考えましたが、細かい方が何かと都合が良いかと思って。硬貨は白金貨、金貨、銀貨、半銀貨、銅貨、半銅貨、鉄貨、半鉄貨となっております。それ以上の物も存在しますが、生きていく上で眼にするのはコレらが全てだと思って下さい。最初から〝ニホンエン〟に換算すると百万、十万、一万、五千、千、五百、百、五十円くらいの価値だと覚えておいて下さい。正確には多少違う部分もあるでしょうが、価値観としてはこの数字が一番分かりやすいと聞きました。それ以下は殆《ほとん》どの場合物々交換となります。ここまではよろしいですか？」

よろしいけどよろしくないです。

なんて事を言いそうになったが、とにかく時間がないのだろう。

なるべくゆっくり歩いている様だが、チラリとでも兵士の姿が見えればすぐさま早足になる。

まず間違いなく、彼女の独断によって救済措置を施しているのであろう。

であれば、口を挟むのは得策ではないと思われる。

とはいえ少女から高過ぎるお小遣いを貰う大人……もう色々と目が当てられない。

「次にウォーカーについてです、こちらは……」

「王女様、勝手な振る舞いは困ります」

そう言いながら現れたのは最初に見た強面の男性。

しかも後ろにゾロゾロと兵士達を連れて。

「チッ……説明はココまでの様です。そのバッグだけは、何があっても無くさないで下さいませ」

悔しそうに顔を歪める王女様を尻目に、俺達は城の外へと放り出されるのであった。

※※※

城から放り出されてから、俺達は言われた通り大通りを歩いた。

そして道行く人にウォーカーギルドとやらを尋ね、たどり着いた先には。

「マジでファンタジー……」

「本当に冒険が始まるって感じだな……」

「入った瞬間睨《にら》まれたりするのかな……」

それぞれ感想を溢しながら、目の前の建物を見上げていた。

中世風の大きな建物。

中世って言っても、詳しい訳でも無いし中世の何処かと聞かれれば答えられないが。

レンガ造りの立派な建物が聳《そび》え立っていた。

街並みも同じ様な雰囲気で、不謹慎ながらも海外旅行をしているみたいで楽しかったのは内緒だ。

定番イベントの「なっ!?　その服はいったい!?」みたいなのが発生して、最初からいっぱいお金が手に入る事も期待したけど、残念な事に俺達は皆寝間着姿。

俺はヨレヨレのスウェット、西田は学生の頃のジャージ。

そして唯一少しだけまともだったのは、東の甚平《じんべい》。

こっちに呼ばれる前は皆で寝る前にネトゲをしていたのだ、コレばかりは仕方ないだろう。

「と、とにかく入るぞ……」

今一度意気込んでから両開きの扉を押し開ければ……まさにファンタジー（二度目）。

革や鉄の鎧に身を包んだ男達が酒を飲み交わし、建物の奥には広いカウンター。

やべぇ、やべぇよ。

モンスターを狩るゲームの世界だよ。

なんて事を考えながら入り口で呆けていると。

「おい、兄ちゃん達」

厳ついスキンヘッドのお兄さんが、睨みを利かせながら俺達の前に現れた。

ここに来てついに定番イベントが！　なんて思いつつも委縮している俺の前に、すぐさま東が割って入った。

ビビりの癖に、やっぱりこういう時は頼りになる男！

「な、なんですか？　僕達はこれからウォーカーに登録する所なんですけど……」

声は震えているが、東の身長は１９０cm近く。

そしてガタイもいい。

負けてない、負けてないぞ東！　頑張れ東！

声には出さずエールを送っていると、スキンヘッドムキムキマッチョメンは呆れた様にため息を溢した。

「雑用系の仕事なら、隣の建物だって教えてやろうと思ったんだが……いらん世話だったか。止めはしないが、一応防具だけは揃えておけよ？　ウォーカーってのは命あってなんぼの仕事だからな」

そう言って、マッチョメンはテーブルに戻って行った。

あれ？　アドバイスというか、気を使っただけ？

もしかして良い人？

とか何とか思っていたりもする訳だが、如何せん顔が怖過ぎて誰も言葉を返せなかった。

まぁ、いいか。

マッチョメンの言う通り鎧も武器も装備していない俺達は、非常に場違い感が凄い。

こんな事なら、先に貰った鎧とか着ておくんだった……。

今更そんな後悔をしながらも、そそくさと奥のカウンターへと歩いていく。

「いらっしゃいませ、お仕事のご依頼ですか？」

受付に座っていたお姉さんは、元気な声を上げながら満面の笑みで答えてくれた。

これだけでも異世界に来た価値はあっただろう。

モテないズの俺達は、居酒屋に行った時くらいしかおなごの満面の笑みというモノを見られないのだから。

後この人おっぱいが大きい、異世界凄い。

「あ、えっと。登録をお願いしようかなぁって……思いまして」

さっきまで勇敢に前に出てくれていた東がすぐさま後ろに引っ込んでしまったので、仕方なく俺が会話を繋ぐ。

そして西田。

貴様も少しはイベントに参加してくれ、存在を忘れられるぞ。

「ウォーカーの登録ですね？　畏《かしこ》まりました、三人で銀貨六枚になります。あ、でもお仕事に行く前に防具は揃えた方が良いですよ？　その恰好だと、その……すぐ死んじゃいますから」

「うっす……」

慣れた様子で対応してくれるものの、言葉はとても直球であった。

栗色の髪の毛を頭の横で一つに結び、可愛くもおっぱいのおっきい受付嬢。

そんな彼女に「死んじゃいますから」とか笑顔で言われるのは結構効いたが、俺達は全員何とかウォーカーに登録する事が出来た。

さっきと同じ様に水晶玉&カードによる数秒登録。

マイナンバーカードもコレくらい楽に作れたら良かったのに、なんて今更必要ない感想が漏れるが。

さて、この後はどうしよう。

「ウォーカーの基本セットを販売しております。野営の際に必要な物とか、携帯食料とか。一人銀貨一枚ですけど、どうされます？」

「三人分お願いします！」

「まいどぉ」

完全に乗せられた気はするが、多分必要なモノだ。

そんな調子で、俺達の財布はどんどんと軽くなっていくのであった。

【第二章】★マンガ肉とキノコの鉄板焼き

「無理無理無理！　ねぇ無理だって！」

「人って猪に勝てるモノなの⁉　しかもデカいし！」

「うわぁぁぁぁ！」

皆して叫びながら、ひたすらに走っていた。

というか逃げていた、森の中で。

「いやぁぁぁ！　こないでぇぇ！」

「おっ〇とぬしさまぁぁぁ！」

現在俺達は最初のお仕事中。

依頼内容は魔獣討伐。

いつでも掲載されている仕事だから、気軽に受けてね？　ってヤツだ。

何か軽い調子の先輩ウォーカーにおススメされたので、受けてみた。

〝シャドウウルフ〟三匹の討伐。

別名、闇狼。

なんでも初心者向けだと聞いたので馳せ参じた訳だが。

結果はご覧の通り、狼どころか山で出会った猪に追われている。

「こ、このまま逃げても多分追い付かれる！　どうにかしよう！」

「東ぁぁぁ！　どうにかするってどうするんだよぉぉ！　もの○け姫でも連れてくるのかぁぁ!?」

「ソナタは獣だ、だから巣に帰れぇぇぇぇ！」

現状、先程の寝間着姿の上に姫様から貰った鎧を装備中。

非常に情けない恰好な気がするが、フルプレートなので一応寝間着は殆ど見えない。

しかし重い、金属鎧ってすげぇ重ぃ。

俺と東は〝向こうの世界〟で力仕事メインだったので何とか着られたが、西田は無理だった。

なので軽装っぽいモノを選び、胸当てや手足のみ鎧で、あとはジャージという凄い恰好。

という訳で、そんなクソ重いモノを着ながらもこれだけ走れているのは完全に火事場の何とやら。

腰には一応剣が差してあるが、抜剣する暇なんてある訳がない。

そんな事してたら轢《ひ》かれる。

異世界トラックは経験してないのに、異世界で猪と交通事故を経験してしまう。

「やってみる！」

「「東ぁぁ！」」

何をトチ狂ったのか、東は急に反転して猪に向かい合った。

間違いなく轢かれる。

アレはたとえ当たり屋さんだったとしても、絶対に当たっちゃいけない相手だろうに。
慰謝料を請求する前に棺桶に入ってしまうレベルだ。
皆さまは御存じだろうか？
田舎では猪や鹿とぶつかる交通事故が珍しくない事を。
そして事故った後、彼らは普通に逃走するのだ。
当然の様に車は大破するが。
つまり車より強いのだ、野生は固いのだ。
なんて事を考えている内に、フルプレートの東と巨大猪は激突する。
ズドンッ！　という大きな音が響き渡り、そして。
「──ガッッハ！　……は、はやく！　今の内に！」
う、受け止めやがった。
巨大猪の頭を包み込む様にして、マッチョ東は猪の突進を止めているではないか。
東も凄いが、鎧の防御力を舐めていた。
衝撃によってひん曲がってはいるものの、しっかりと装備者の体を守っている。
「こ、こうちゃん！」
「お、おう！　こうなったらやるしかねぇ！」
俺と西田は慌てふためきながらも長剣を抜き放ち、猪に向かって突進したのであった。

※※※

誰しも初めてのお仕事とは緊張するモノである。

誰かに仕事を教えて貰おうにも、誰に聞いたらいいのか分からない。

初めての事だから上手くも出来ない。

そんなのは当たり前。

だから失敗を恐れるな、なんて。

こっちの世界では、マジで通用しないんですね。

「た、倒したぁ……」

「い、猪って……こんなに固ぇの？」

「さ、流石に疲れたね……鎧も曲がっちゃった……」

時間にして十数分程度だろうか？

俺達にとっては物凄く長く感じたが。

東が押さえた猪に対して、俺と西田はひたすらに剣を振った。

振ったのだが、上手く切れない。

切れ味が悪いのか、それとも腕が悪いのか。

多分両方だが、圧倒的に後者の割合が高いだろう。

分厚い毛皮の表面は薄く裂けても、肉まで届かない。

なので、ひたすら突いた。

全力で突き立てても、数センチくらいしか刺さらなかった時はマジで焦ったが。

東はともかく、俺と西田は圧倒的に腕力が足りなかったのだ。

何度も何度もチクチクと抜き差ししていた訳だが、当然猪も暴れる。

一度東が振り回され、勢いよく猪がこちらに顔を向けた時、ミラクルが起きた。

数センチだけ首元に刺さっていた西田の剣も一緒に振り回され、剣の柄の部分が俺の鎧に激突。

滅茶苦茶痛かったが、それでも猪パワーによって剣は深々と首に突き刺さり、後に命を落とした……という訳である。

つまり、事故である。

俺ら殆ど何もしてない。

「ど、どうする？　この猪」

西田が顔を引きつらせながら、ぶっ刺さった剣を抜こうと頑張っている。

うわぁ、ドバドバ血が出てる。

まあ生き物なんだから当たり前か。

慣れろ、慣れるんだ俺。

「ちょっともう体力が……今日は何処か野営できる所でも探す？　それとも街に戻る？」

そう言ってから、二人はこちらを振り返って来た。

なんだろう、俺が決めちゃっても良いのかな。

幸いな事に誰も怪我してる雰囲気はない、が装備はボロボロ。

とはいえお姫様から貰ったバッグにまだいくつか予備が入っていたから、ダメになった物から交換していけば良いか。

となると……問題は食い物と寝る場所か。

「う〜ん、このまま帰っても猪が金になるかも分からないしなぁ……せっかく野営キットもあるから、慣れる為にもう少し外に居ないか？　そんで、慣れると言えばもう一つ」

「「と、いうと？」」

ビシッと横たわった猪を指差して、俺は叫んだ。

「グロイのにも慣れておく！　つまり、解体と調理だ！」

※※※

三人で猪を引っ張り、何とか川辺までやって来た俺達。

到着してから、マジックバッグ使えば良かったんじゃね？　と思いついて全員で空を仰いだ訳だが。

そんなこんなあったが、とりあえず何から始めたモノか。

こういう手順とか知らないので、誰も何から手を付けたら良いのか分からないのだ。

「あっアレじゃね？　血抜きってヤツ」

「あぁ確かに、血抜きがしっかりしてないと肉が臭くなるんだっけ？」

どこかのゲームみたいに、ザシュッザシュッてナイフを刺したら生肉が手に入ったらいいのに。

まあそんな事を言っていても始まらない。

とにかくやってみよう。

「でも……どうすればいいんだろう。首を落して吊るしたりするイメージはあるけど……コレ、切れる？」

確かに。

さっきから剣が弾かれまくっていたのに、その首を切断なんて出来るのか？

毛皮を剥がしちゃえば案外いけたりするのだろうか？

「ま、やってみようぜ。あんまり時間置くと良くないんだろ？　こういうの」

そう言って刺さったままになっていた西田の剣を引っこ抜こうと力を入れた、その時。

ボキンッ！　と派手な音を立てて、見事に真ん中から折れた。

「「……」」

「さ、幸先悪いね……」

仕方ないので先程購入したウォーカー初心者パックを引っ張り出してみる、何かしら使える物か指南書の類でもないかと祈って口を開けてみれば。

そこには意外にも様々な道具がゴロンゴロンと入っている。

カモられたとか思ってごめんなさい、コレで一万円……というか銀貨一枚はお安い部類です。てっきり焚火する為の物とかテントとかだけだと思っていたのだが、刃物の類なども数種類入っているし、乾パンみたいな保存食量に水筒、そして何より多めの塩が一袋。

ありがてぇ、ありがてぇよ。

「あ、もしかしてコレ解体用のナイフかな？　何か分厚いノコギリも入ってるけど……これなら首もいけるか？」

「お、初心者マニュアルってのが入ってる！　って、魔獣の種類とか薬草の類が書いてあるだけか」

「何故解体に関して書いてないの……討伐の証拠部位は良く洗う様にって、それだけ。ていうか、この猪って魔獣？」

三人してわちゃわちゃしながらも、何とか手探りで進んでいく解体。

やはり覚悟を決めたとしても、グロイモノはグロイので途中で何度か吐いた。

しかしこれから生きていく以上は絶対に必要だ！　なんて叱咤《しった》し合いながら作業は進んでいく。

正直、とてもお粗末な仕事だった。

毛皮は至る所がボロボロになってしまったし、血抜きだって十分出来たかも判断できない。

腹を裂いた際に内臓が飛び出してきた時は、驚き過ぎて川に落っこちた。

精神的な苦痛と肉体的な疲労も合わさり、何とか肉が切り分けられた頃には全員息が上がっている程だった。

しかも、既に日が陰って来ている。

いくら何でも時間掛かり過ぎだろう、肉が傷んでいないかとても心配だ。

「よ、よし！　早く焼いちまおう！　腹も減ってるし、テントも張らないと！　もうひと頑張りだ！」

「グロくて食欲吹っ飛んだと思ったけど……やり終えてみると、なんか達成感あるなコレ。俺も腹減った」

「僕もお腹ペコペコだよ。ちゃんと食べておかないとね、明日に響いちゃう」

よし、では料理開始！

と意気込んだまでは良かったのだが。

「火がねぇ！　忘れてた！　マッチはあるけど、こんなもんじゃ焼けねぇ！」

「あぁぁぁ！　マジか！　俺、薪《たきぎ》になりそうな枝拾ってくる！」

「あ、西君待って！　ちょっと大きめの石も拾って簡易かまども作らないと、火がすぐ消えちゃうって何処かで聞いた気がする！」

慣れていない事の連続で、一つの事に夢中になり過ぎてしまった。

コイツはまずい、みんなどうしたものかと慌てふためいているし。

「よ、よし！　初心者パックに塩入ってたよな、俺は今から塩で肉を味付け＆殺菌！　後は焼くだけの状態にしておく。西田はかまど作り、薪もそうだけどまずはデカめの石だ！　東は寝床の準備、確か入ってたテントってかなり簡単に張れるヤツだろ？　悪いが皆、それぞれで行動開始だ！」

「「おう！」」

こうして、一難去ってまた一難状態が続く。

野営って、やっぱ難しいわ。

※※※

各々だいぶ時間が掛かってしまい、肉を焼き始めたのは随分と暗くなってからだった。

最初に作業が終わったのは東。

何でも本当に設置が簡単なテントだったそうで、杭を打ち込んで紐を引っ張ったらバフンッ！って感じでテントが傘みたいに開いたそうだ。

ちょっと見てみたかったが、これから何度でも見られる光景だろう。

焦る事は無い。

何か他の事をやると言い出したが、今日一番体を張ったのは東だ。

とりあえず休憩しながら、手伝って欲しい事が出来たら手を貸してくれとだけ言っておいた。

ついでに「一休みしたら体が痛み始めた」なんて事がないかのチェックも含めて。

俺はと言えば、肉を塩もみし始めたのは良いがどれくらい塩を振って良いのか分からない。

漫画で塩漬け肉、みたいなのを見た事があったので結構豪快に使っていいのかもしれないが……流石に塩辛そう。

解体したばかりのドデカイお肉様を相手にした事は無いので、色々と悩んでしまう。

そして一口大に切り分けようかと思ったところで手を止める。

フライパンで焼く訳じゃないから、あんまり小さいと焼くに焼けないよな。

却下。

忘れていたけど調理器具も全くねぇ。

川魚の塩焼きみたいに串にでも刺すか？　いや、薪ですら西田が苦労して捜してるんだ。丁度良いサイズの枝を見つけて、串っぽく加工するとなると時間が掛かり過ぎる……。

そこで思いついたのがロマンの塊、マンガ肉。

一度は食ってみたい、というかやってみたいと思っていたのだ。

とはいえ当然中まで火は通らないだろう。

なので焼けた所から徐々にナイフで削いでいく事にしよう。

顔よりデカい肉の塊に、マジックバッグに入っていた金属槍をブスリ。

槍が重過ぎて多分束くらいしか振り回せそうにないので、調理器具として使わせて貰う事にする。

このままじゃ槍を回しても肉が空回りするか？　なんて事も思ったが、武骨な槍だったので意外と大丈夫そう。

まあ駄目だったら剣でも横からブッ刺して回せばいい。

「我ながら適当だと思うが……多分一番手っ取り早い、筈」

ちなみに肉は半分も消費できていない、残りはマジックバッグ行き。

良く聞く時間停止機能とかが付いていてくれていると嬉しいが、明日取り出してみて腐っていたら諦める事にしよう。

最後に西田だが、薪になりそうな木を拾う為何度も森と川までの距離を往復。

多分一番キツかっただろう、スマン。

マッチが有ったので焚火自体はあっさりと完成。

とはいえ上手く火が付いたのは単純にラッキー、放置すればすぐ消えてしまうだろう。

その辺りは東が管理してくれて、西田はひたすら薪回収に走った。

それでも西田本人はダレる様子もなく、一生懸命往復した結果随分と多くの枝を集めて来て
「これだけあれば一晩持つかな⁉」と、やり切った顔をしている。

俺と東で親指を立ててから、下処理の終わった肉を火の上に設置した。

「皆お疲れ様、何かスマン。俺だけ塩揉みしてただけになっちまった」

「じゃあ明日から交代でやってみようぜ、全部経験しておいた方が良いだろ」

「確かに色々やっておいた方が良いかも。というかソレを言うなら僕が一番楽な仕事だったし」

そんな談笑を交わしながら、肉を火の上でクルクルしていく。

夢にまで見たマンガ肉、ソレが今目の前で焼かれているのだ。

骨ではなく槍がぶっ刺さっているけど。

更に言えば槍を上に設置しても平気そうな支え木など見つかる筈もなく、予備の鎧を両サイドに設置しているというとんでもない調理場。

見た目は酷い調理法だったが、徐々に、本当に徐々に良い香りが漂い始めた。

肉油が焚火に落ちてジュッと音が鳴る度、誰もが唾を飲み込む。

「そろそろ良いかな？　ホラ、この辺とか」

「でもちゃんと火を通さないと危なくねぇか？　でも、この辺は結構カリカリになって来たし……いいかも」

「なるべく薄く裂いて食べれば大丈夫じゃないかな？　あんまり欲張ると中の方が生だったりするかもしれないけど……」

全員の了承が取れたので、洗った解体用のナイフで少しだけ表面を削ぐ様に切り分ける。

巨大の肉の塊から〝少しだけ〟取った気でいたが、手元に持ってくると随分と大きな肉の塊。

薄く切ったつもりだったが、とんでもなく横に長いステーキの様になってしまった。

とはいえ、火はちゃんと通っている。

裏返して見ても、生焼けの箇所は見受けられない。

「よし！　東、最初に食えよ。今日一番頑張ったのはお前だ、そんで次に西田が食っていいぞ！」

そう言って肉を差し出してみるが、東は首を横に振ってからその肉を三つに切り分けた。

「今日は皆頑張ったよ。だから、最初は皆で食べよう。乾杯って訳じゃないけどさ、三人で狩った最初の獲物な訳だし」

　それぞれに肉が刺さったナイフを渡し、ニカッと笑みを浮かべる東。

　お前、ホント良い奴だな。

　ちょっと涙ぐみながら、俺達は肉を掲げた。

「そんじゃっ、俺達の異世界生活一日目に……乾杯じゃない場合は何て言えばいいんだ？」

「分からん、まぁ細かい事気にすんなよ」

「いただきますでいいんじゃない？　ご飯だし」

　結局抜けた雰囲気になってしまい、皆から苦笑いが零れる。

　まあいいさ、俺達なんてこんなもんだ。

「では、改めまして。いただきますっ！」

「『いただきます！』」

　ガブリっ！　と、三等分しても大きな肉に俺達はかぶりついた。

　そして……。

「ち、血生臭せぇ！　が、食えない事は無い！　くせぇけど旨い！」

「下処理をもっと早くするべきだったんかなぁ……あと塩ももうちょっと使ってもいいのか？　良く分からんが俺達の初めての異世界飯だ！　うまい！」

「猪だから臭みが有るのは仕方ないけど、今度はもっと早く血抜きして美味しく食べよう。でも十分食べられるよ！　うまい！」

こうして俺達の異世界初めての夜は更けていった。

肉を食らい、笑い合う。

これで酒でも有れば最高だったのだが、欲を言い出せばキリがない。

俺達はまだまだ貧弱だ。

もっともっと頑張って、とにかく生き残らないと。

サバイバル一日目。

今日の収穫、デカい猪。

ド素人にしては、全然悪くない結果じゃないか。

※※※

「鳥は無理だったが、アイツなら……」

のっしのっし歩く豚の近くを、匍匐《ほふく》前進しながら近づいて行く。

サバイバル二日目。

昨日の猪肉の残りは傷んでいなかったので、朝から豪快な食事を楽しんだ後、俺達は再び狩りに出かけた。

最初は鳥を狙ったが、弓矢なんて物は無かった為、石や剣をぶん投げてみた。

しかしそう都合良く当たる筈もなく、鳥達は優雅に空へ帰っていく。

やはり地に足を付けた獲物を狙おうという意見になり、そうして見つけたのが……豚。

「豚って本当は綺麗好きだって聞いた事が有るけど……マジなんだな。豚小屋とかにいる奴らだと信じられなかったけど、アイツめっちゃ綺麗な毛並みしてんぞ」

「確かに、それにしても凄い肉厚だね。良い物食べてるのかな？」

昨日の猪に比べればなんて事は無い。サイズも一回り以上小さいし。

そして頑丈な毛皮を着ている訳でも無し。

いける、問題ない。

「ＧＯ」

「っしゃぁ！」

「後ろ回るね！」

物音を立てない様にしながら、各々豚を取り囲む様に動き出す。

なるべく静かに、気付かれない様に……しかし、何故か豚と目が合った。

ブゴッ！　と凄い声で鳴いた瞬間、獲物は鼻を動かして「うわっ、こいつ等くっせぇ」みたいな感じで滅茶苦茶顔を顰《しか》めていた。

まだ距離がある、囲んでしまえばそう簡単には逃げられない筈！

なんて、思っていた時期が俺にもありました。

「おわっ！　豚はやっ⁉」

「何々なに⁉　何でコイツ鹿みたいに飛び跳ねながら進んでんの⁉」

「うそ⁉　なんで気付かれた⁉」

ぴょんぴょんと軽快に飛び跳ねながら、あっという間に豚に撒かれてしまった。

うそやん、この世界の豚、速過ぎねぇ？

もしかして、元の世界の豚もこれくらい速かったりする？

「気付かれた時ってこうちゃんの方見てたよな？　一番近かったのは確かだけど、なんか音でも立てた？」

「どっちかと言えば僕や西君の方が移動中音立ててた気がしたけど……気配とかでバレたのかなぁ？」

う〜んと頭を抱える二人だったが、俺は多分別だと考えていた。

あの顔、あの時の豚の顔。

アイツぜってぇ「くせぇ」って思っていた筈だ。

非常に表情豊かだと感心してしまう程に、顔を顰めていた。

「多分臭いだ。鼻ピクピクさせて、思いっきり顔顰めてやがった」

「「臭い？」」

確かに考えてみればそうだ。

豚って滅茶苦茶鼻が良いって話だよな。

しかもさっきの奴は白黒まだらって言ったら良いのか、トリュフとか探す豚ってあんな柄だった気がする。

だとすれば、アイツは俺の存在に臭いで気付いた。

昨日は河原で少し洗った程度で、猪の血が未だに鎧にこびり付いている様な状態。

鼻が慣れてしまった俺達には分からないが、あの豚からしたらさぞ強烈な臭いだったのだろう。

「だとしたら不味《まず》いよね、全部綺麗に洗うにしても時間掛かるし。豚は諦める？」

「でもそうすっと昼飯どうするかぁ。また違う獲物探すか？　まあ猪肉はまだあるけどさ」

西田と東が話している中、俺は先程豚が顔を突っ込んでいた辺りの草を掻き分けてみる。

すると。

「二人共来てみろよ、多分さっきの豚が食ってたヤツだ」

俺に続いて二人は草むらを、というより草むらの中のほじくられた穴の中を覗き込んだ。

そしてそこには、立派なキノコの大群が。

しかもさっきの奴の食いついた跡がちゃんと残っている。

「まさかこれトリュフか!?　凄くデカいけど」

「でも知識もなくキノコ食べるのは危ないかも……あ、でも豚が食べてたって事は毒はないのかな？」

流石に毒キノコだったら豚も食べないだろう。

とはいえ怖いのでよく観察し、豚が齧《かじ》っていたキノコと全く一緒だと思われるモノだけを採取。

ちょっとでも色が違ったり、変な形をしていた物はそのまま放置した。

そんでもってウォーカー初心者パックに入っていたマニュアルと睨めっこ。

流石にキノコはないか？　なんて諦めかけた時。

「あっ！　有ったよ二人共！　魔獣マニュアルの方、さっきの豚！　アレが掘り出して食べるキノコは高級食材なんだってさ。やっぱりトリュフだ！　しかもそのまま食べても美味《おい》しいんだって！　異世界トリュフ凄い！」

「でかした東！　よし、今日はキノコ焼きだ！」

うぉぉ！　と雄叫びを上げている中、一緒にマニュアルを睨めっこしていた西田がポツリと呟いた。

「もしかしたら、豚も狩れるかも」

その手には東が見つけた豚の魔獣のページと、更には何かの薬草のページが開かれていた。

※※※

西田が見つけたのは、臭い消しとして使われる薬草の情報。

そして次に、あの豚の情報。

やはり臭いに敏感で、嫌な臭いを嗅《か》ぐとすぐ逃げてしまうとも書かれていた。

そこで薬草の資料へと戻る。

まず一つ目、先程も言った臭い消し。

緑色の薬草で独特な形、野営で風呂に入れない時などによく使われるとの事。

二つ目、毒消し&消毒。

これは先程の薬草と形は似ているが、色は深い青。

毒物を口に含んでしまった際に解毒として使われているモノらしい。

他にも水に放り込んでおけば水は綺麗に、スープと一緒に煮込めば少しくらい傷んだ食材でも大丈夫になるとか。

そして最後に、赤い薬草。

これはどちらかと言うと〝注意〟として書かれている内容だったが。

なんでもこの薬草を磨《す》り潰すと、一部の魔獣が好む匂いを放ってしまうらしい。

その一部というのが何かという事までは書かれていなかったが。

とにかく他の物と間違って使うなよ？　って感じだ。

という訳で早速その三種類を集めてみた。

意外とそこら辺に生えていて、手分けする必要もなくものの数分で全種コンプ。

結構な量を手に入れ、今日の前に並べて見ている訳だが。

「どう見ても何処かの三種ハーブ」

「混ぜたら全回復する薬でも作れんのかな」

「このグリーンハー……緑の薬草は、本当にハーブみたいな匂いだね。ネタ的な意味じゃなくて」

そんな訳で、俺達は臭い体とおさらばする事になった。

体と鎧には緑のハーブ、川の水をすくった水筒には青のハーブを放り込む。

最後に赤いハーブを予備の兜の中でゴリゴリと磨り潰しておく。

上手い事赤ハーブを使えば、今後はもっと簡単に狩りが出来る気がする。

念願の罠も作れるかもしれない。

ウキウキとワクワクが止まらない中、とりあえず飯を食う事に。

「今日はトリュフと猪肉の余りで鉄板焼きにするぜ」

「鉄板？　そんなもん何処にあるんだよ」

焚火の管理をしていた西田から、呆れた声を返されてしまった。

昨日は思いつかなかったけど、有るじゃない、鉄板。

ふっふっふ、と不敵に笑いながらマジックバッグに手を突っ込んだ。

そして取り出したるは、鎧の胴の部分。

昨日東が猪に突っ込まれて、見事にベコベコになってしまった部分だ。

「コイツをですね、こうやって」

「おぉ……考えたね北君」

焚火の上に、デンっと設置してみる。

しばらくすると熱せられたのか、うっすらと煙が上がり始める。

一応洗ったのだが、それだけではやはりちょっと臭いだろうと予想していた。

そもそも中古品だし、猪も頭グリグリしてた訳だし。

なので使う前に、ブルーとグリーンの薬草で表面をひたすらゴシゴシ。

そのお陰で熱しても不快な臭いは無し。ついでにブルーで消毒も出来ている筈。

実に便利なハーブだ、今後のサバイバルでは必須アイテムになる事だろう。

「そこに牛脂……ではなく猪脂？　をドーン」

ナイフに刺した猪の油肉を、ひたすら鎧にグリグリして馴染ませる。

全体に油が行き渡ったと判断してから、軽く塩もみしたトリュフと猪肉を並べていく。

血生臭いのもどうにかならないかと、緑ハーブと青ハーブをそれぞれ肉に揉み込んでみたが
……果たして。

「ホイ、焼けたぞ。食ってみよう」

「俺トリュフから～」

「んじゃ僕は臭い消しした肉を食べてみようかな」

各々好きな物をナイフに突き刺し、一口でパクリ。

ちなみに俺も肉にしてみた。

その結果。

「うっまぁ……獣臭さがだいぶ薄れてるわコレ。匂いからしてハーブの味が強いのかと思ったけど、普通に肉と合うな」

「トリュフもヤバイわ……流石高級食材。塩だけだったとしても、無限に食えるぞ。キノコそのものが旨いのも予想外だが、香りがやっぱ違うわ」

「ハーブ肉も悪くないねぇ～、普通に調味料として使えそう。赤ハーブはどんな味なんだろうね？」

東の言った赤ハーブを試すのは最後にして、とにかくキノコと肉をひたすらに食した。

もちろん〝元の世界〟で食ったステーキや焼肉なんかに比べれば、随分と単調な味である事には間違いないのだが。

それでも肉自体が旨い。こう……味がギュッと濃縮されている様な旨味が有るのだ。

獣臭さが消え、塩とハーブだけでこれだけ旨くなる肉。

他の獣はどんな味なのか、街に戻った時に調味料を仕入れたりすればどんな味に変わるのか。

想像するだけで涎《よだれ》が出てくる。

そんな事を語りながらひたすら食事を続け、最後とばかりに赤ハーブをすり込んだ肉を焼いてみる。

香りとしては香辛料っぽい匂い。

ピリッとする味なんかだったら、コレもまた次に生かせる食材となるだろう。

なんて事を考えながら焼いていると。

「こうちゃん！　後ろ！」

「何か変だよ！　襲ってくる訳でもなくソワソワしてる！」

慌てて振り返れば、森の中から立派な角を携えた鹿が顔を出していた。

そして東の言う通り、こちらの様子を窺ってソワソワうろうろ。

何やってんだ？　なんて思ってしまう様な行動だったが、思い当たる節が一つ。

「赤ハーブ……魔獣を引きつける匂い」

ナイフに赤ハーブ味付け肉を刺し、相手に向かって掲げてみる。

すると鹿は「ソレだよ！」とばかりに肉をガン見しつつ、徐々に近寄ってくる。

どうやら、罠としてかなり優秀なハーブであるらしい。

「西田は猪の毛皮を準備、東は槍。合図と同時に毛皮をアイツに被せてやれ」

「毛皮って……あ、そっか。剣でも通らないもんなアレ」

「なる程ね、了解」

二人に指示を出してから、ソロリソロリと横に移動していく。

鹿も釣られる様に、俺（肉）に向かって歩み寄る。

もはや君（肉）しか見えないってなご様子で、周りから近づいてくる二人に気付いた様子はなし。

二人が配置につき、十分に距離が近づいたその瞬間。

「今だ！」

ナイフに刺さった肉を鹿に向かって放り投げ、相手は見事に口でキャッチ。

鹿なのに肉食なのかと言いたくなるが、次の瞬間には鹿の頭に猪の毛皮が被された。

そして暴れる間もなく、一番力の強い東が渾身の一撃を鹿の首に向かって突き放つ。

「しゃぁっ！　角には近づくなよ⁉　動かなくなるまで槍で押さえろ！　西田は俺と一緒に剣で

腹を突け！　今日は鹿肉じゃぁぁ！」

角と足に気を付けながら、俺達はひたすら獲物に対して攻撃を続けた。

まさに弱肉強食。

イメージしていた異世界ライフとは異なるが、これはこれで〝生きている〟という実感が凄い。

異世界生活二日目にして、俺達はちょっとずつ〝こちら側〟に馴染《なじ》んでいったのであった。

【第三章】★ビールと酔っ払いの毛皮包み

彼らが仕事の為に街を出てから、一週間が経った。

当然見ず知らずの人間の事など覚えている人は皆無。

ギルドの受付で彼らを対応した私本人でさえ、その存在を忘れ去っていたくらいだ。

正直ウォーカーにはよくある事。

最初の仕事で命を落とし、帰ってこない。

そんな事が日常茶飯事の為、初見の相手をいちいち記憶していたりはしない。

だった筈なのだが。

「いらっしゃいま……」

思わず言葉が詰まった。

目の前に居る三人組が、あまりにも異様な姿をしていた為に。

「えっと……身分証を拝見しても？」

「あ、はい」

リーダーだろう先頭の男が、三人分のカードを提出してくる。

確認してみれば、一週間前に登録したばかりの新人という事が分かった。

分かったのだが……本当にそうなのだろうか？

彼らの鎧はこの国の兵士が使っている様な、定番中の定番とも呼べるフルプレート……だったモノ。

薄汚れ、血はこびり付き変色していて錆も酷い。

今では一見山賊に見えない事も無い程、ボロボロになっていた。

不思議な事にそんな姿になりつつも、鼻をつく様な嫌な臭いはしなかったが。

「えっと、一週間前に闇狼三匹の討伐クエストを受けておられますが……」

「あ、はい。それと他のモノを倒したんですけど……証拠が有れば報奨金を貰えるって言ってましたよね？　毛皮とかでも大丈夫ですか？」

見た目のわりに、随分と丁寧な口調で話す男。

あまりにも歪で不穏な存在に、思わず警戒してしまうのは仕方のない事だろう。

「はい、魔物であれば証拠部位を持参して頂ければ支払われます。一部をギルドに納めて頂く形にはなりますが、魔石などは通常価格で買い取りとさせて頂きます。その他素材も状況次第では買い取り、お持ち帰りを選べます」

「であればお願いします。いやぁ……狼がなかなか捕まらなくて。猪とか鹿とか兎ばっかり狩る羽目になっちゃいまして」

そう言いながら腰のポーチをひっくり返した男は、随分と軽い雰囲気を放っていたのだが……。

「あ、あの……」

「はい？」

出てくるわ出てくるわ。

様々な毛皮や角、そして何かの肉。

そして新人が一週間で狩れるとは思えない魔石の数。

見た所殆どがそこまで強い魔獣という訳では無いが、少なくともこんな新人は居ない。

「解体場の方でも良いですか？　ココだとその……いっぱい出されても困りますので」

「あ、そうですよね。すみません」

男はペコペコしながら、今出した物品を片付け始める。

後ろに居た二人も慌てた様子でバッグに生臭い毛皮なんかを放り込む。

なんだろうこの人達。

期待の新人と言っても良いのかもしれないが、如何せん常識を逸している気がする。

そんな想いを胸に、私は彼らを解体場へと案内するのであった。

※※※

「買い取り金額、あんまり高くならなかったなぁ……」

「仕方ないよ、毛皮を剥ぐのだって素人だし。何より状態が良くないから」

「刺したり叩いたりして狩ってたもんなぁ……解体するのも下手くそだったし。でも魔石は売れた、それなりじゃね？」

三者三様に感想を洩らしつつ、無事帰還した宴とばかりにギルドでビールを頼んでみた。

おつまみはフライドポテト、というか皮つきの揚げ芋、以上。

でも一週間森で暮らしていた身としては、とてつもないご馳走に感じる。

油や調味料が身に染み渡っていく様だ。

そして一週間ぶりのアルコール。

キンッキンに冷えてやがる！　とまではいかないものの、こちらも十分に体に染み渡る。

あぁ、加工された飲食物ってこんなに旨かったんだなぁ……。

今度外に出る時は調味料と調理器具、あと酒も買ってから出よう。

森の中でも揚げ物とか食べたいし。

先週の様に長期戦になるのなら、尚更だ。

猪やらキノコやら、はたまた鹿やらを味わった俺達はその後ひたすらに〝シャドウウルフ〟とやらを捜しまわった。

しかし異世界事情とはそう上手く行ってはくれないらしい。

とにかく足が速いのだ、狼さんは。だから見つけたとしてもすぐに逃げてしまう。

という訳で終わる兆しが見えない、よって俺達は戦術を変える事にした。

偉い人は言いました、走って追い付けないのであれば罠を張ればいい。

多分、言っていました。

とはいえ、こちとらズブの素人。

本格的な罠など即興で作れる筈もなく、色々試した結果、俺達自身が罠の一部になる事になった。

設置は簡単、獣の皮を被った一名が赤ハーブを塗り込んだ魔獣肉と一緒にひたすら動かず待つ。

するとあら不思議、警戒はするものの狼が姿を見せたのだ。

たまに猪やら鹿も出て来たが。

そしてしばらく毛皮を被ったメンバーを警戒する様にウロウロするが、最終的に死んでいると判断したのか、お肉様を食らいに来るのだ。

そして近づいて来たところを取り押さえ、隠れていた残る二人がブスリ。

相手が獣の為、やはり全員血やら泥やら色々被って連日ドロドロ。

狩りの後は徹底的に河原で体と鎧を洗ってはみたが、やはり汚れが完全に落ちる事は無かった。

匂いは緑ハーブでマシになっているのでセーフ、それでもやはり一週間も山暮らしをすれば色々とばっちくなるし消耗する。

自給自足の暮らしが楽しくなって来てしまっていたが、塩が切れた事と、持っている武器の殆どが駄目になってしまったので、一旦街に帰る事にしたのだ。

鎧なんてコレが最後のワンセットだし、それすらもガタが来ている。

そして今回の一番の成果、魔石。

魔獣の心臓内に、何かの宝石みたいなのが埋まっていたのを発見した時は本当に驚いた。

思わず死んでいる獣に対して「お前大丈夫か⁉　心臓に石あんぞ⁉」と訳の分からない事を叫

んでしまったほど。

その魔石の数々が、今回の買い取りでも一番良い金額になってくれた訳だ。

何はともあれ、俺達はウォーカーとして一週間を生き残った。

最初は仕事も達成せずに帰れるか！　みたいな感じだったが、途中からは完全にキャンプというか、サバイバルを楽しむ雰囲気になっていたのも確か。

異世界に来たというテンションと、ゲームの様な自給自足の生活に色々と感覚が麻痺《まひ》していたのかもしれない。

何だかんだ皆適応力が高かったのか、最後の方は誰しも果敢に攻め込めるほどに成長していた。

もちろん筋肉も付いたが、もしかしたらレベルって奴が上がったのかもしれない。

鎧の重さもほぼ気にならないくらいに走り回れる様になっていたし、西田でさえフルプレートを着られる様になったのだ。

もしかしたら魔獣のお肉は、非常に栄養満点なのかもしれない。

すぐさま確かめられれば嬉しかったのだが、何でも鑑定は有料らしい。

何とも世知辛い世の中だ。

「結構スムーズに解体できる様になってきたけどさ、やっぱ上手い奴に教えて貰いたいよな。毛皮とかも買い取り料金上がるみたいだし」

酒が入って気持ちよくなって来たのか、西田がニヘラッと笑いながらそんな事を呟く。

確かに、アレは非常に勿体ない。

猪や鹿など、かなりの大物を捕まえても俺達じゃ満足に処理が出来ないのだ。

どうしたってボロボロになってしまう。

証拠品としては十分だが、高く売れるのであれば売りたい所。

「あとは調理器具と調味料。油とか食器とか色々欲しいよねぇ。でもまずは武器と防具買わなくちゃかぁ……」

束もやはり思う所は多いのか、ビールを片手に視線をギルド内の面々に向ける。

そこに居るのはムキマッチョな男達。

誰しも様々な鎧に身を包み、カッチョイイ武器を持っている。

でも、全員分揃えるとして足りるのかなぁ？

まだ姫様から貰った金貨は随分と残っているが……武器とかって高そうだし。

でも買わないと始まらないしなぁ……。

「うーん……とりあえずなんだが、ギルドの解体場を見学させて下さいって言ってみないか？

もしかしたら金取られるかもしれないけど、絶対勉強になると思うんだ」

「あ、なるほど。いいかも」

「確かに、もしも有料だったら金額を聞いてから考えればいいしね。あ、それなら街にあるっていう出店も見に行こうよ。どんな調味料があるのか分かるかも」

全員の意見が同じ方向を向いてきたところで、目先の目的は決まった。

ならばとばかりに残っていたビールを飲み干して、俺達は立ち上がった。

「そんじゃ、いつもの受付のお姉さんに聞いてみますか！」

「「おう！」」

※※※

私の名前はアイリ。ウォーカーギルドで受付の仕事をしている。

現在は昼下がり、勤勉なウォーカーならとっくに仕事へと向かっている時間帯。

そんな中ギルドの食堂で酒を呷《あお》っている連中は、大体がやる気の無い連中だったりする。

たまに仕事をして、普段は酒場に入り浸る様な荒くれもの。

これでは山賊と何が違うのか聞きたくなるが、彼らもれっきとしたウォーカーであり私にとっての同業者なのだ。

もちろん休日だったり、帰って来たばかりのウォーカー達も混じっているだろうが……眼の前の彼らは絶対に違うだろう。

「なぁアイリちゃん、いいだろう？　今日の夜とかさ、な？　良い店紹介するぜ？」

「申し訳ありません。業務中ですから、その様なお話はお受け出来ません」

「相変わらず固いなぁ、もっとフランクに行こうよ？　というか、仕事終わった後なら良いって事？　そうだよね？」

ニヤニヤと酒臭い息を吐きながら、彼はカウンターから身を乗り出す様にして体を寄せてくる。

その背後には、彼のパーティメンバーと思われる男が三人。

いずれもだらしない笑みを浮かべながら、こちらを覗いている。

コレもよくある事、仕事の一環。

そんな風に割り切ってはいるモノの、どうしてもフラストレーションが溜まっていく。

「申し訳ありません、こちらはクエスト受注、または申請のカウンターですので。他のウォーカーの方にご迷惑が掛からない内に、お引き取り下さい」

満面の作り笑いで返答するも、どうやら逆効果だったらしい。

今日の彼らは、随分と酔っている様だ。

まだ昼だというのに。

「こんな時間に他のウォーカーなんて来やしないだろうに。しっかし相変わらず可愛いよねぇ、そんな笑顔を向けられると、俺ら勘違いしちゃうよぉ？」

後ろの連中までゲラゲラと笑い出し、そろそろ支部長へ報告しようかと思い始めたその時。

「あのぉ、すみません。ナンパされているだけの様でしたら、先に良いですか？　仕事関係で相談があって、そちらの受付さんとお話がしたいのですが」

呑気な声が、彼らの後ろから聞こえてきた。

あれ、この声。

ついさっき聞いた気がするんだけど。

「なんだお前ら？　順番ってもんを知らないのかよ。俺らが誰か分かってんのか？　あぁ？」

酔っ払いの仲間の一人が、振り返りながら言い放てば。

「いやぁ、すみませんね先輩方。俺ら一週間前に登録したばかりの新人なもんで、全く知らない上にただの酔っ払いにしか見えないんですわ」

「あぁ⁉」

これは、ちょっと不味い雰囲気だ。

ウォーカー同士の争い事は結構頻繁に起きるが、ギルド内で起こったとなれば穏便にはすまない。

拳で語り合う程度ならまだしも、絶対眼の前の酔っ払い達は剣を抜くだろう。

そんな悪い予想が、すぐさま現実のモノとなってしまった。

「おい、良い雰囲気のところを邪魔すんなよルーキー。死にてぇのか？」

私に声を掛けていた男が剣を抜けば、ソレが合図だったかの様に周りの連中も腰の剣に手を掛ける。

そして。

「いでででで！　何だコイツ！　馬鹿力にも程があんだろ！」

そんな悲鳴が響き渡った。

あぁ、やってしまったか……なんてため息を吐きながら奥へと視線を向ければ、そこには。

「北君、こいつ等《ら》猪より全然力弱いよ。どうする？」

「あんまり問題行動は起こしたくないんだけど、とはいえ酔っ払いに絡まれる女の子を見過ごすのはなぁ……俺らの用事も進まないし」

「こうちゃんって、何だかんだ言ってこういうのに喧嘩売るよな。大概勝てないくせに」

「うっせ、男は度胸！　って言うだろ。これでも元肉体労働者じゃい」

「確かに、その精神でサバイバルしてた訳だしな」

そんな気の抜けた会話が聞こえてきたと同時に、酔っ払いパーティの一人が彼等の背後へと放り投げられた。

盛大に、ポーンと擬音が付きそうな勢いで。

えっと、何？

「さてさて皆の衆、武器を向けて良いのは、武器を向けられる覚悟があるヤツだけだって聞いた事あるか？　俺にはそんな覚悟はねぇ！　だから拳で相手になってやらぁ！　西田！　東！　フォーメーション〝兎狩り〟だ！」

「「おう！」」

そこからはまさに圧巻だった。

ギルドに居る全員が視線を送る中、新人ウォーカーである彼らは果敢に戦っていた。

いや、これは戦いなのだろうか？

相手に殴られる事もあれば、剣を向けられる事もある。

だというのに彼らは、一定の距離を保ちながら着実に一人ずつ潰していった。

〝兎狩り〟と言っただろうか？

確かにその通りだ。

一番大きな男が前に出て、相手を威嚇《いかく》する。

その際小柄なもう一人が背後ないし側面へと回り込み、可能であればそこで撃退。

しかし回避、または逃亡した場合には、もう一人のリーダー格の男が待ち受けている。

まるで何処に逃げるのか分かっていたかの様に。

まさに〝狩り〟。

一週間魔獣が大量に湧く森の中で生き延びて来たという彼らの言葉は、多分嘘ではないのだろう。

それくらいに、連携の取れた〝狩り〟の現場だった。

「てめぇら……この俺を誰だと――」

「武器を持ってるぞ！　フォーメーション〝鹿〟！」

「「おうよ！」」

元気な返事を返すとともに、大男が相手に向かって走り始めた。

ドシンドシンと汚れたフルプレートが走ってくる様は、それだけで恐怖を覚える。

しかも「うおぉぉぉぉ！」とか、ビリビリと響く大声まで上げているのだから相当なモノだ。

しかし対するのは腐ってもウォーカー。

彼の事を鋭い眼差しで見つめ、静かに腰を落としながら剣を構えた。

「ダメッ！　危ないっ！」

思わず声を張り上げた瞬間、剣を構えたウォーカーの左右から毛皮が飛んで来た。

……はい？

誰しもが疑問の声を上げる中、毛皮に包まれた男は慌てふためき、大男は急停止。

そして。

「おらおら！　やっちまえ！」

「鹿の方がまだ利口だな！　酔っ払いは視野が狭くなっていけねぇ！」

残る二人が、酔っ払いウォーカーを殴るわ蹴るわ。

地面に蹲《うずくま》っても、まだゲシゲシと踏み続けている。

二枚の大きな毛皮に包まれた酔っ払いは、為す術もなく踏まれ続ける。

モゾモゾと動いているが……毛皮に剣が通らないのか、一向に出てくる様子はない。

更にあの毛皮、見間違いじゃなければ王猪《おういのしし》の物に見えるのだが……。

少なくとも、ルーキーが持っている物じゃない。

しかも戦略の一部として、消耗品の様に使ってるし。

「よし、そろそろ良いだろう！　東も手伝え！　河原に運んで解体準備だ！」

「あのね北君。忘れてるかもしれないけど、コレ人間。食べられないよ？」

「あ……そっか、食えないのか。こうちゃん、もう止めようぜ。体力の無駄だ、野営に響く。こんな事してたら晩飯が獲れなくなっちまうよ」

「西君も、今日は野営じゃなくて宿屋だからね？　ご飯は注文すれば出てくるよ？」

ちょっと色々と聞き捨てならない言葉が飛び交っているが、それよりも蹴っていた二人の落胆具合が酷い。

どうしてそこまでガッカリしてるの？　君達この一週間何食べて来たの？

そそくさと毛皮を回収しながら、相手に唾吐いてるけど、君達蛮族なの？

「なんの騒ぎだ」

「あ、支部長」

私の背後から、野太い声と厳つい顔の山賊……ではなく支部長がやって来た。

あまりにも騒がしくした為、報告前にやって来てくれた様だ。

「報告しろ」

「えっと……ですね。彼等は……」

どう説明したものかとばかりに視線を送れば、すっかり暗くなってしまった彼らがトボトボとカウンターまでやって来た。

そして、何を言い出すのかと思えば。

「あの、騒がしくしてすみません。それで本題なんですけど、解体場の見学って出来ますか？」

この人達、本当に何なんだろう。

※※※

「うぉぉぉ！　すげぇ、なんでそんなにスパッと行けるんだ⁉」

「兄ちゃん達、コレはな？　ミスリルっていう特殊な金属を使ってるナイフなんだよ。しかもそれだけじゃないぜ？　解体用として、形も刃の厚さも計算されて作られてんのよ。それに何種類もある」

「マジかよすっげぇ！　超欲しいぃ！」

「あんなナイフがあればあの固い猪だってすんなり解体出来そうだね！」

本当に何なんだろう、この人達。

彼らの要望通り回収した魔物の解体場に連れて来てみたが、御覧の通りテンションが上がりっぱなしだ。

一般的にウォーカー自身は解体を行わない者が多い。

素材が欲しい場合ならその部分だけを回収し、他は証拠品になる物を切り取ってくる程度。

防具や武器の為に魔獣の素材が大量に欲しい、何ていう場合は解体が出来る者を雇う事もあるが……かなり少ない事例だろう。

なんたって、その解体人を守りながら戦わなければいけないのだから。

そして希少な素材になる魔獣を狩るレベルのウォーカーとなれば、大抵はマジックバッグを持っている事が殆ど。

なので死体をそのままバッグに放り込んで、この〝解体場〟で必要なパーツの解体作業を依頼する。

それがウォーカーにとっては当たり前の事。

だというのに、彼らは何故か解体職人の手解《てほど》きを受けながら物凄く興奮していた。

なんで？

「それで、アイツらは何なんだ？　さっきの件は絡んで来た馬鹿共が悪いと分かったが……アレはいったいなんだ？」

「あの……私にも分かりません」

一応彼らの登録内容と、先程の事件の経緯は支部長に説明してある。

周りで見ていたウォーカー達も説明してくれて、あっさりと先程の事件は幕を下ろした訳だが……こっちはなんと説明すれば良いのだろう。

むしろ私が説明して欲しいくらいだ。

「でもコレだと、めっちゃ切れ味の良い刃物を持ってる事が大前提な気が……」

「そうでもないぜ？　よく見てろよ、こっちは一般的なナイフだ。コイツだってしっかりと使ってやれば……ほっ！」

「うっそだろ⁉　なんでそんなに綺麗に刃が通るんだよ⁉」

「凄い凄い！　何かコツがあるんですか⁉」

「はっはっは！　解体職人希望の奴でもこんなに興味津々な奴らはいねぇぞ。いいねぇ兄ちゃん達。気に入った、俺の秘伝の技を教えてやらぁ！」

「「是非！」」

なんだろう、凄く盛り上がっている。

多分アレ数時間じゃ終わらないよね。

なんて事を考えながら、恐る恐る支部長の顔色を窺ってみれば。

「……楽しそうだなぁ」

なんかウズウズしてらっしゃる。

この人も元ウォーカーだっけ、でもアレに興味を持つって……若干向こう寄りの思考回路なんだろうか。

ちょっと理解できない。

「あれ？　その肉どうするんですか？　バケツなんかに詰めて」

「へ？　コレ魔獣の肉だぞ？　もちろん捨てるんだが？」

「「そんな勿体ない！　美味しいんですよ!?」」

……え？

彼らは今何と言った？

そもそも疑問だった。

一日分しか入っていない携帯食料だけを持ち、何故一週間も生き延びる事が出来たのか。

野生動物を狩り、そして食す事で生きながらえるウォーカーも確かにいる。

だがかなり少数だ。

だってそんな事をするくらいなら、仕事を終わらせて街で食事するか保存食を持って行った方が圧倒的に楽なのだから。

やるとするなら、帰る手段を失った者が飢えを凌ぐ為に動物を狩るくらいなものだろう。

食料確保の為の狩りとは専門の人間がやるべき仕事であって、ウォーカーの仕事ではない。

そして何より、先程の彼らの発言はまるで〝魔獣〟を食べたかの様な物言いだった。

だとすれば、非常に不味いんじゃないか？

「アイリ、すぐに彼らを鑑定するぞ」

「は、はい！」

この世界においての常識。

魔獣の肉は食べてはならない。

魔獣とは邪悪な瘴気《しょうき》によって、変化した動物。

その血肉は穢れており、口にした者すら穢れると言われている。

獣は魔獣へ、人は魔人へ。

そんな古くからの言い伝えではあるが、あまりにも常識として浸透している為、魔獣を食す者はいない。

筈だったのに。

「皆さん！　一度こちらへ、全員改めて〝鑑定〟を受けて頂きます！」

そう声を掛ければ三人はすぐさま私の下に集まり、そして視線を逸らした。

やはり、この人達は魔獣の肉を食べたのだろう。

だからこそ、自身が魔人に変わっている事を恐れて……。

「でも、お高いんでしょう？」

「……はい？」

「俺らあんまり金使えない状況にありまして、これから武具も新調しなきゃいけないし……だからあんまり出費は」

「レベルの確認が出来るのは正直嬉しいんですけどね……でも僕達、次の仕事に向けて道具が色々入用で……」

口々に呟き、三人は完全にお通夜ムード。

あれ、おかしいな。

私が心配している所と、だいぶ方向性がズレている気がするんだけど……。

「今回の鑑定には、金銭の類は発生しない……こちらが知りたい事があるのでな、むしろ協力してくれれば、多少の相談には乗ってやろう」

支部長の一言で、物凄い笑顔になる三人。

なんだろう、多分私より年上だと思うのだが……非常に反応が可愛らしい。

なんて、男の人に言ったら失礼か。

でも何と言うか、普段見ているウォーカー達よりずっと素直なのだ。

さっきの酔っ払いみたいなのはゴメンだが、こういう人達ならちょっとくらい仲良くしても良いかなって思ってしまう様な、そんな雰囲気を持ち合わせている。

まあ、それもこの後の鑑定結果次第ではあるのだが。

「では……私の部屋へ行こう。そこで鑑定を行う」

険しい顔をした支部長の後に、ウキウキの三人が続く。

なんというか、本当に調子が狂うなぁ……。

兎にも角にも、悪い結果にならなければ良いが。

※※※

「すげぇぇぇ！　レベルが一気に30だよ！　一週間で30！　受付さん、30レベルってどれくらいの立ち位置ですか!?」

「えっと……中堅一歩手前くらいでしょうか？　そこからはレベルが伸びづらくなると言われていまして、40から50でベテラン。60に到達すると達人。70や80台に入れば英雄クラスですね。そこまで行くと、この国で探しても殆ど見つからないかと」

数字で明確になるのはいいね。

どれくらい進歩したのか目に見えて分かる。

西田と東も揃ってレベル30に上がっていたので、思わず全員でガッツポーズ。

それ以外の項目は一切変わっていなかったが、とにかく強くなったという認識で良さそうだ。

確かに強面のウォーカー達と戦った時、随分と楽に倒せた気がする。

日本でチンピラ相手に喧嘩をしても、あんな風にスマートには行かなかっただろう。

むしろこっちが袋叩きにされて終わりだ。

「最近やけに足が軽いと思ったのはこのせいか！　今なら50m走で新記録が出せそうだぜ！」

西田は元々足が速く、皆より背は低いがとにかくすばしっこい。

こいつは良い事を聞いた、今度から彼は狩りにおいて一番獣と競い合う役になるかもしれない。

「僕も、最初よりずっと簡単に獣を受け止められると思っていたけど……レベルの問題だったんだね。これならもっと大胆に行っても大丈夫そうだよ！」

東の怪力はこの眼で見て来たが、如何せん見ている方が怖い事例でもある。

せめて全身の鎧を買い替えてからじゃないと、安心してタンクを任せられない。

まず買うのは東の鎧だな。

武器なんぞ後回しだ、最悪ナイフで木を削って杭でも作ればいい。

というか……俺も筋肉質になったかなぁ、とは思っていたけど。

二人みたいにコレといって凄く強くなったぜ！　という部分が無いのだが……これはいったいどういう事なのだろう。

まあいいか、今は深く考えるのは止めよう。

悲しくなるだけだ。

「一週間でこれ程レベルが上がるとは……しかも魔獣の肉を食らって何の影響もない。レベルアップ自体が魔獣の肉の影響なのか、それとも彼らが特別なのか……」

何やらブツブツと小声で呟いている支部長さんが、難しい顔をしながら俺らのカードを覗き込んでいた。

何度も見返す程重要な情報なんて載っていないだろうに、何が気になるのやら。

まあいい。

この後は支部長さんに紹介された武具店に向かわなければ。

もしかしたら紹介もあって、安く売ってくれるかもしれない。

なんてウキウキしながら「そんじゃ俺らはコレで」とか言いながら立ち去ろうとしたが。

「少しだけ試したい事ができた。もう一人連れて、君達と同じ食生活、同じ状況に立たせ、また一週間後に私の下に帰ってきて欲しい。もちろんその時の鑑定費用はこちらが持つし、報酬も出そう」

なんか、良く分からない条件が付けられてしまった。

とはいえ誰かが仲間になってくれるのなら、こちらにしか得が無い様に思えるが。

何がしたいんだろう、この人。

「ちなみに、その仲間とは？」

気の合わない仲間を入れても友好関係に亀裂が入る原因になる。

とはいえ、俺達の様な新人に優秀な仲間が加わるとは到底思えないのだが……。

「君達が選びたまえ。金はこちらで用意する」

「はい？」

支部長が差し出してきた名刺？　には、紛れもなく〝奴隷商〟という文字が書かれていた。

※※※

三人が出て行った後、部屋に残された私は大きなため息を溢した。

「良いんですか？　支部長。魔獣の肉を食べた人達ですよ？　それに今度は奴隷だなんて……」

「調べるには絶好の人材だとは思わないか？　魔獣肉を食らったから強くなったのか、それとも〝彼らだからこそ〟魔獣を食っても問題なかったのか。連れて行った奴隷の状態を見れば、一目瞭然だ。ウォーカーの誰かを付けては、不味い事態になった時色々と手間がかかるが……奴隷一人なら何とかなる」

「私は、あんまり好かないです。こういうやり方は」

支部長がやろうとしている事は、正直に言えば人体実験。

奴隷を一人付かせ、その容体によって結果を観察するというもの。

だからこそ、一週間後に見せに来いと条件を出したのだ。

でもそれは、奴隷だからとはいえあまりにも酷だ。

「私だって好き好んでこの様な手段を取っている訳では無い。しかし、実験の為に今この場で魔獣の肉が食えるか？」

「……」

「だったら、しばらく静かにしている事だ。彼らには仕事を与えた。王猪討伐だ、そう簡単に終わる心配もない。そして一週間もあれば……いくら携帯食料を買い込んでも、足りる事は無いだろう、馬車でも引いて行かない限りはな。そうすれば間違いなく彼らは魔獣の肉を食らう」

ここで一つ、支部長の間違いに気付いてしまった。

というか、報告し忘れがあった事に気付いた。

「あの支部長……すみません。彼等は既に王猪を討伐しております。絡んで来たウォーカーを無力化した際に、毛皮を投げつけておりましたので」

「……はい？」

王猪。

それは近隣の森の中に生息する、新人キラーとも言える魔獣。

ベテランでも油断していれば命を落とすほどの突進力、鋭い牙。

その毛皮は、下手な刃物では殆ど刃が通らない。

このギルドでも、その毛皮はそれなりの額で取引されていた。

彼らがその価値に気付いているのかどうかは不明だが、売り払わなかったところを見ると、先程の様に戦闘に使用しているのだろう。

いや、彼らの場合〝狩り〟か。

「それは……確かな情報か？」

やや頬を引きつらせながらこちらを見つめる支部長に対して、私は苦笑いを返す他無かった。

正直、コレ以外にどうしろと。

「彼らが言っていた〝猪がいっぱい居た〟というのが、多分王猪だったのではないかと。実際毛皮も確認しましたし、雑に扱っていました」

「具体的には……」

「相手に被せて、その後袋叩きにしていましたね」

「あぁ……もう」

支部長も実際の所、悪い人ではない。

民間人の被害を最小限に、そしてウォーカーには適切な仕事を。

そんな事ばかり考えているからこそ、今回の相手を見誤り、奴隷を使った人体実験など提案してしまったのだろう。

彼等三人があまりにも危険で危うい存在に見えたからこそ。

奴隷を使うという判断は確かに間違ってはいない、いないのだが。

あの三人組は随分と人情に重きを置いている様に見える。

そんな彼らの性格を考えれば、奴隷という立場の相手にだって酷い扱いはしないだろう。

だからこそ、この実験の事を知ったりすれば。

「王猪が余裕で数匹狩れるウォーカーに袋叩きにされるの……今度は支部長かもしれませんね」

「ホントに……マジで勘弁してくれ。俺のレベルはそこまで高くないぞ……」

そう言って、支部長は頭を抱えてテーブルに蹲ってしまった。

【第四章】★東西南北

奴隷。

この世界では普通に、というか当然の様にある〝システム〟。

生きる為のお金が無くなった、借金を返せなくなった。

そんな理由で、人は〝売られる〟。

中でも親が子供を売るのが普通だというのは、正直驚きだった。

受付嬢さんから聞く話によると、子供と言うのは貴族の場合は家を継がせる為。

庶民にとっては一般的な〝子供〟の認識か、いざという時に売る為に育てるというのが常識らしい。

改めてココは〝異世界〟なんだと認識させられる事例だった。

普通に育てられた子は住民として育ち、一方売られた子供は〝道具〟として使われる。

非常に怖い話だ。

「と、いう訳でやってきました奴隷商！」

「西田……お前、よく平然とそんな事言えるね」

「可哀そうって、やっぱり思っちゃうよね。偽善なんだろうけど」

それぞれテンションの異なる中、俺達は奴隷を扱うという建物の前にやって来ていた。

実際奴隷を扱う店舗は多いらしく、そのへんのアパートみたいに見える建物は結構な数で奴隷商だとか。

すごいね、滅茶苦茶人売ってますねこの世界。

まぁ需要が有るんでしょうけど。

奴隷と一口に言っても様々だ。

戦闘を行う者、専門職を担う者、家事を行う者。

そして、あんな事やこんな事をチョメチョメする者など様々だ。

だからこそ、この世界では様々な場面で〝奴隷〟が使われている。

必要に応じて奴隷を仕入れ、無用になれば再び売る。

それがこちらの当たり前、らしい。

「と、いう訳で。こうちゃんヨロシク！」

「……おい」

「我らがリーダー！　頼りにしてます！」

さっきまで意気揚々と歩いて来た西田が、俺の背後に回りズイズイと押してくる。

なんでこうなった。

というか、この人身売買を俺が取り仕切るのか？

そんな事を思うと、思わず大きなため息が零れる。

あぁ、日本って色々面倒くさいけど……恵まれてたんだなぁ。

なんて感想を溢しながら、俺達は建物内に侵入するのであった。

その手に、ギルド支部長の紹介状を持って。

※※※

「その調子じゃアンタ、もうすぐ死ぬんでしょ？　だったらご飯もいらないよね？」

そう言ってから、ニヤニヤした笑みを浮かべる狐の獣人の少女が私に与えられた食事を持ち去って行く。

律義にパンだけはその場に残して。

もう、いつもの事だ。

ココは奴隷を扱うお店。

そして奴隷にも、やはりカーストが存在する。

その店において値が高いか、そうでないか。

金額によって、明確に奴隷の上下が分かれる。

私は価値が低い。

痩せっぽッちだから、皆より育たないから、獣人だから。

〝猫人族〟であり、愛玩動物としてしか役に立たないと思われているからこそ、他の獣人からも蔑まれる。

だからこそ、同列に出される食事ですら奪われてしまう。

同じ檻に入っている皆からも、蔑んだ目で見られるなんていつもの事だ。

そして当然、私達より価値の高い奴隷は幾人も存在する。

それらはこんな檻には捕らわれず、個室を与えられるという話だ。

だというのに、この檻の中に捕らわれている数十人の中で、誰が一番偉いか。

そんな些細な価値観で、私は虐げられていた。

詰まる話、どんぐりの背比べ。

本当に下らない、この世界は……本当に腐っている。

そう、毎日の様に考えていた。

「安い奴隷ですとこちらの部屋になりますが……あまりお勧めはしませんよ？　役に立たなかったり、すぐ死んでしまったりと色々です」

「いやぁ、なんというか。高い方の子達は見てるだけで眩暈がしそうで。ははっ……」

商人が室内に入って来た。

多分お金をあまり持っていない人が奴隷を買いに来たのだろう。

こんな地下牢獄に足を踏み入れるなんて、それくらいしか考えられない。

きっと雑務でこき使われるか、戦闘の囮役として使われるくらいだろう。

だというのに、周りの奴隷達は必死に媚を売り始めた。

「私は〝刺繍〟に長けた称号を持っております！　どうか！」

「私は大した称号は持っておりませんが、他の奴隷に比べて発育が良いです！」

誰しもそんな声を上げながら、買い手に対してアピールしていく。

たとえ酷い使われ方をしても、こんな牢獄で暮らすよりずっとマシだと皆分かっているのだろう。

もしかしたら買われたその日に死んでしまうかもしれない。

でもずっと地下牢で過ごすより、まだマシ……なのかもしれない。

室内に入って来たのは三人組の山賊みたいな男達。

彼らに対し皆口々にアピールしたり、者によってはボロ布と言っていい様な服を捲り上げて、下着を見せたりしている。

よくもまぁ、あそこまで出来るモノだと感心しながら床に落ちたパンを齧る。

床に落ちて汚れようと、他の者の手によって汚されようと。

コレは私にとって必要な栄養なのだ。

コレを食べなければ、私は生きていけない。

奴隷として売られた身ではあるが、こんな牢獄で罵られながら死ぬつもりなんて毛頭ない。

だからこそ、生きなければ……。

そんな想いでパンを齧っていると。

「あの端っこに居る女の子。あの子は？」

「アレは……その、本当にお勧めいたしませんよ？　今までの食事代などもあり、金貨2枚とな

ります が、動物の解体が出来る程度で……他には何も」

「解体⁉　んじゃあの子でお願いします！　ドンピシャじゃねぇか！」

「……よろしいのですか？」

「よろしいも何も、そんな子を捜しに来たんですよ！」

何やら変な会話が聞こえ、思わず視線をそちらに向ければ。

見ていた、はっきりとこちらを。

私は獣人であり、痩せ細っている。

だからこそ価値としてはかなり低い。

獣人と言えば身体能力が人族より長けている事から、荷運びなどに使われる事が殆どだが……

彼らはどう見てもウォーカー。

もしくは山賊。

だというのに、何故私何かを見ているのだろう。

「俺達に必要な能力を持っている様ですし、値段も払える金額ですから。何か問題あります？

あ、でも金は支部長さんが持ってくれるんだっけ……」

「こうちゃん、俺らの金でどうにかしようぜ。もしかしたら後で取り上げられるかもしれん。フラグは立たない内から折っておこう」

「ちょっと痛い出費ではあるけど……確かに、悪くないかもね。後で何か言われるのも癪に障るし。あとフラグは立たないと折れないんじゃないかな」

「……では、その様に今この場で現金払いでよろしいですね？」

「うっす」

そう呟いた奴隷商が、檻の鍵を開けて私に近づいてくる。

え？　は？

なんて頭の中で疑問符を浮かべている内に、私は腕を掴まれ檻の外へと連れ出された。

またいつか出てやるんだと意気込んでいた檻の外に、こんなにも呆気なく。

そして〝内側〟からは、嫉妬の混じった視線をいくつも受ける。

正直、良い気味だと思った。

今まで散々虐めてくれたお前らではなく、私が選ばれた。

ざまあみろ、そんな風に思わなくもない。

でも、目の前の男達を近くで見た瞬間。

浮ついた感想は一瞬で引っ込んだ。

「では、この奴隷でよろしいんですね？　数日で死亡したからといって、返金などは致しませんよ？」

「えぇ、問題ありません」

言葉自体は丁寧だが、見た目がヤバイ。

落ちない程こびり付いた血の色が残る鎧を纏う三人組。

匂い自体は何日も風呂に入っていない〝賊〟の様に酷くはないが、見た目が酷い。

完全に〝死〟というモノが日常生活の一部になっていそうな、凶悪な外見。
鎧が少し血に汚れている、くらいならまだいい。
フルプレートだというのに、全身に血がこびり付いているのだ。
元々は銀色だったのだろう、しかしその鎧も薄暗い色に染まってしまっている。
それくらいに、血を浴びながら生きている人達なのだろう。
「い、いや……」
恐怖のあまり、そんな言葉が零れた。
奴隷ならばあり得ない言葉、絶対に言ってはいけないセリフ。
ソレを聞き逃さなかった奴隷商は、額に青筋を立てて片手を振り上げた。
「貴様！　奴隷の分際で今なんと言った⁉」
グッと目を瞑り、頬に感じるであろう痛みに備える。
でも、その衝撃はいつまで経っても襲って来なかった。
「女の子に対して、暴力はちょっと」
やけに威圧感の有るフルプレートが、奴隷商の手首を掴んでいた。
この人達は、いったい何なのだろう。
残る二人もやけに殺気立った様子で奴隷商を睨んでいる。
それは、奴隷の私なんかを庇う様な行動。
こんな人達、今まで居なかった。

「では、彼女を頂いていきますね？　手続きなどはありますか？」

そう言って、先頭に立つ彼の腕の中に私は収められてしまった。

赤黒く染まった籠手に収められれば、恐怖の一つでも湧きそうなモノだが。

不思議と、守られている様な安堵する気持ちが湧いた。

本当に、なんなんだろう。

「で、ではこちらの書類にサインを。そして彼女の首輪に貴方の血を垂らして頂ければ、奴隷契約完了でございます」

「えっと、俺で良いのかな？　それともお前らがやる？」

「「どうぞどうぞ、リーダー」」

「誰がいつからリーダーになったんじゃい」

そうして、着々と進んでいく奴隷契約。

私は、いったい何の為に買われたのだろう？

そんな疑問が残る中、私は彼らに手を引かれるまま〝地獄〟を後にした。

もしかしたら一生をココで終えるかもしれない、そんな風に思っていた〝地獄〟を。

私は奴隷、ご主人様のご命令に絶対服従する下等な生き物。

だからこそ、希望を抱いてはいけない。

そう言い聞かせながら、常に希望を抱かぬ様に努めた。

筈だったのに……奴隷商を出た後すぐ。

「うし、まずは飯だ。さっき不味そうにパン齧ってたからな。旨い物食わねぇと」

「嫌いな食べ物とかある？　好きな物とかあったら遠慮なく言ってくれよ？」

「いえ、あの……私は頂けるものでしたら何でも……」

「お、焼肉だって。嫌いじゃない？　行ってみようよ。君もいっぱい食べて元気になるんだよ？」

良く分からないまま手を引かれてお店に入れば、目の前に置かれたのは山盛りの食べ物。

リーダーっぽい人がとにかく焼いて、皆ガツガツと食べながらも私の前に置かれた皿にも次々と盛り付けてくる。

これは、食べても良いのだろうか？

「えっと……」

戸惑いの声を上げると同時に、ぐぅぅと情けないお腹の音が鳴った。

「食いねぇ食いねぇ。そんなに痩せっぽッちじゃ野営は耐えられんぞ？　あ、スープとかで胃袋馴染ませた方が良いか？　すみませーん！　ポタージュ一つ！」

「食え食え、いっぱい食え。あんな所じゃ腹いっぱいになる事なんぞ無かっただろ。ホレホレ、俺の食おうと思っていたカルビもお前にくれてやる。焼いたのはこうちゃんだけど」

「あ、スープ来たよ。ほらお腹いっぱい食べて良いからねぇ」

そんな言葉を掛けられながら、どんどんと目の前に集まって来る食料。

本当に、食べていいのだろうか？

私はまだ何も役に立てていないというのに。

奴隷というモノは、基本的には道具だ。

だからこそ、役に立って初めて褒美が貰える。

彼等も私が居た牢獄に来る前、高くて煌びやかな奴隷を見せられていた事だろう。

近くに置くだけで価値がある、他の人に見せびらかす事の出来る奴隷達。

でも、私は違う。

そんな私だからこそ底辺に堕とされ、常に飢えを凌ぐ様な生活をして来たのだ。

だというのに。

「あ、あの……」

「飯を食う前はな、〝いただきます〟って言って手を合わせるのが俺らの習慣なんだ。こうやって……」

「「いただきます！」」

「あんな感じだ」

そう言ってから二人は再び食事を始め、肉を焼く彼も途中途中で肉を口に運んでいる。

食べて……良いんだよね？

「い、いただきます……」

教わった通りに手を合わせ、目の前のスープを少しだけ口に含んだ瞬間。

両目からは、何故か涙が零れた。

美味《おい》しい、ただただ美味しい。

檻の中で食べていた物とは全然違う。

ちゃんと味がして、しっかりと食欲を満たしてくれる。

食事というのはこんなにも美味しいモノだったのかと、改めて思いだした様な感覚。

「ホラ、肉を食え肉を。育ち盛りなんだ、遠慮なんかすんな」

そう言って差し出された取り皿。

既に皿には大量のお肉が乗っており、その内の一枚をフォークで刺して口の中に放り込んだ。

何度でも言うが私は奴隷だ。

お肉なんて、スープにひとかけら入っていれば良い方。

だというのに、口をいっぱいに広げなきゃ食べられない程のお肉なんて、食べていいのだろうか？

そんな想いは、口の中に入ったお肉の味に掻き消された。

こんな美味しい物があるのかという程、様々な思考が交差する。

コレがお肉の味、ピリッとする味のソースも交じり合って、ただただ幸せな気分。

そして何より。

「あったかい……」

冷えてない、私が今食べているご飯はとても暖かかった。

奴隷の私に与えられる食事は、いつだって冷めて、硬くなっているモノばかり。

だというのに、今食べている物は……暖かくて、柔らかくて。

「うっ、うぅぅ……グスッ」

「おらおら、泣いてる暇はねぇぞ。いっぱい食え、そうじゃねぇとコイツらに全部取られちまうからな」

「は、はいっ！」

この日、私は初めて誰かと競う様にして食事を取った。

お肉も、野菜も、スープも。

彼らが与えてくれる食事は何でも美味しい。

もう食べられないと思う程お腹がパンパンになったのなんて、初めての経験だった。

いつの間にか涙は涸れ、私は夢中になって食事を続けていた。

お腹がいっぱいになって、皆笑っていて。

地下に居た頃では絶対に想像できなかった光景。

その景色の一部として、私は〝その中〟に存在している。

夢見心地というのは、多分こういう事を言うのだろう。

あぁ、私はこの人達に買われたんだ。

これから、この人達と一緒に居られるんだ。

そんな風に思うと自然と気が緩み、随分と重くなった瞼《まぶた》が、自然と下がってゆくのを感じたのであった。

※※※

「なぁ、流石にまだちょっと早くねぇか？」

「うっせぇ、いい加減この世界の〝常識〟に慣れろ。子供ですら仕事をしてるんだ、買ったからには使わないと、なんて言うつもりはねぇが。俺達だって余裕がある訳じゃないんだ」

「こうちゃんの鬼！　悪魔！　童貞！」

「え？　何？　西田君は死にたいのかな？　猪みたいに捌いてあげようか？　誰が童貞じゃいコラ」

「でも、僕もやっぱり抵抗あるなぁ……」

早朝、男三人衆は食堂に集まっていた。

先日購入した奴隷の子、そのあり方について。

西田はもっと健康にしてからパーティに加えるべきだと主張し、東は小さい女の子を狩りに連れ出すのは気が引けると主張する。

だが俺としては、この街に一人だけ残して行く方がよっぽど危険だと考えていた。

実際に被害にあった訳では無いが、スリはもちろん、宿屋の鍵を開け盗みに入る輩も平然と居る世界……らしい。

そんな状態なら全財産をマジックバッグに放り込み、彼女の事も近くで守った方が得策ではないかというのが俺の主張だ。

確かに昨日買った奴隷の少女は病的なまでに細い。そして戦えるとは思えない。

だからこそ心配になるのも分かるが……置いていく方が俺としては心配。

そこまでジロジロ観察した訳では無いが、見た目は悪くない……というか結構可愛い顔をしていると思う。

そんでもって、見た目からして幼いのだ。

パッと見は小学生くらいの身長、しかし顔立ちはもう少し上か？

そんなアンバランスさを持った少女を一人留守番させると思うと……変な大人に絡まれてもおかしくない気がする。

俺達にとっては子供としか表現出来ないが、世の中には危ない大人達も多数存在するのだ。

そして何より昨日の食事。

大して高くもない肉を、涙を流して食ってたんだぞ？

だったらサバイバル生活になろうとも、俺らと一緒に飯を食った方が良いのではないか？

正直昨日食った肉に関しては、タレさえ手に入れば俺らの野営肉の方が旨いと言える。

いっぱい食わせるなら、置いていくより連れていくべきだ。

そんな主張がぶつかり合っていた。

「こうちゃんが言っている事も分かるよ。でも、あんな子にサバイバル生活は無理だって。俺らだって、何で生き残れたのか分からないレベルだったのに」

「確かに、西君の言う通りだよ。でもまぁ北君の言う事も分かるんだよねぇ、ココが日本なら宿屋で待っていて貰った方が安心できるのは確かなんだけど……」

「ばっかやろう。そもそも何の為に〝解体〟が出来る子を選んだと思ってんだ。残して行くのに不安があるのなら、連れて行って役立って貰った方が本人としても気が楽だろうが。あと絶対連れて行った方が肉いっぱい食える。金だけ渡して街で一人留守番って、かなり気が滅入ると思わんのかお前らは」

「「う～～む」」

見事に意見が割れてしまった。

だが誰しも主張は間違っていない気がする。

眼に見えて命の危険がある狩り場に連れていきたくないってのも分かるし、連れていくのも残して行くのも不安ってのも確かだ。

だが俺としては、仲間になった次の日に「お前弱いから留守番」って言われた方が心に来る気がするのだが。

とはいえ命の危険がある以上、俺が折れるしかないか……？

なんて思っていたが。

「あ、あのご主人様方」

「「はい！　ご主人様です！」」

変態達は、皆同時に声を返した。

その先には、昨日焼き肉屋で寝落ちした奴隷ちゃんが。

改めて見るとやっぱり普通に可愛いよな？　この子。

眼はパッチリとして大きめ、頭の上にはピコピコと動く黒い猫耳。

幼いながらもくっきりとした顔立ちは、化粧なんかしなくても随分と整っている。

長い髪の毛は今までの生活の影響か、ちょっとゴワゴワしていそうだが。

それも風呂に入って、良い物を食べていればすぐにでも艶を取り戻しそうだ。

体はやはりガリガリと言って良い程に細くはあるが、昨日の夜よりも血色は良い気がする。

腹いっぱい食ったからなのだろう、やはり飯は偉大である。

「私の事なら大丈夫ですから、是非狩りに同行させて下さい。それくらいしか、役に立てませんので……」

起きて来た彼女自身の意見により、問題は解決された。

彼女の仕事は解体であり、俺らの様に体を張って魔獣と対峙する訳では無い。

だからこそ野営で風邪を引くとか、そういう最低限の事だけ気を付ければ何とかなるんじゃないかと思ったんだが……どうやら二人は未だ不安が拭いきれないご様子で。

「今回の仕事は、危険だと判断したらすぐに戻るからな！」

「寝床……どうしよう。北君、布団も買おう!?　せめてこの子の分だけでも！」

まぁ、何とかなるのか？

そんな感想を抱きながら、俺達は異世界において二つ目のお仕事を受ける事になった。

受けるのは前回と同じく、期限の無い常駐のモノ。

今回は猪狩りだ。

前にも狩った相手だが、〝ビッグボア〟という猪討伐任務。

別名〝王猪〟というらしい。

余裕、とは言わないが前回の経験もある為、幾分かは気が楽だ。

そして何より以前よりずっと〝こちら側に〟馴染んだ事もあり、レベルだって上がっていたのだ。

だからこそ俺達は買い物を済ませた後、軽い足取りで街の外へと歩んでいったのであった。

そして装備を新調していない事を思い出し、慌てて戻ってきた。

※※※

私を買ったご主人様達は異常です。

買われた次の日に浮かんだ感想が、コレである。

こんな事を口にすれば、普通殴り飛ばされるかすぐさま売り払われるところだろうが……どうしても言いたくなる。

この人達は異常だ、と。

だってそもそも、装備を買い忘れて街の外に出かけるウォーカーが居るだろうか？

慌てて戻った私達は、紹介状があるという店へと駆け込んだ。

私達の見た目もあり、店主は嫌な顔をしながら安い防具など見繕っていた。

結局用意されたのは使い古した中古の鎧一式。

フルプレートなのは変わらないが、以前より武骨な形になり、より山賊っぽさが増した気がする。

その後随分多くの武器を要求する主達《あるじ》に、店主は再び顔を顰め……。

「ホラ、コレの中から好きなだけ持って行って良いぞ。金貨一枚だ」

ガラクタの在庫処分？　なんて思ってしまう程状態の悪い武器の山。

いくらでも持って行って良いなんて言っているが、私達が馬車も何も持っていない事を知っていて吹っかけて来ているのだろう。

全員が両手に抱えても、大した数は持ち出せないだろう？　という訳だ。

流石にコレはご主人様達も怒り出すんじゃ……なんて思っていたのに。

「んじゃ全部貰ってくわ。はいよ、金貨一枚」

唖然とする私と店主を他所に、ご主人様達は武器の山をまとめてマジックバッグに放り込んだ。

まさか本当に全部貰って来てしまうとは……顎が外れたのではないかと思う程口を開けた店主の顔が未だに忘れられない。

その後やっとの思いで再び出発する運びとなった訳だが……山に入ってからが更に問題だった。

「東ぁぁぁ‼」

「了解っ！　援護よろしくぅぅ！」

「うおらぁぁぁ！」

フルプレートに身を包んだ皆様が、ビッグボアに突っ込んでいく。

待って欲しい、是非待っていただきたい。

本来この時点であり得ないのだ。

この巨大猪は、罠を張るか囮を使って横から攻める。

それが定石。こんな戦法じゃ自殺行為もいいところだ。

だというのに。

「ふんぬぅぅぅ！」

「どらぁぁぁ！」

「しねぇぇぇぇ！」

この人達は真正面から受け止め、そしてタコ殴りにするという野蛮な戦法。

むしろ耐えられる東様が異様だ。

全身の鎧をベコベコに凹ませながらも、魔獣を一身に受け止めている。

普通無理。

あの突進にどれ程の力があると思っているのか。

そして西田様。

「ちょ、マジか。こうちゃん、兎多数、寄って来てる！」

一番非力に見えるが、しっかりと周りを見ている。

今も集まって来た〝ホーンラビット〟にいち早く気付き、注意を促している。

それどころか、足の速いホーンラビットを一匹も逃がさぬ様に軽快に走って追い込みを掛けてるし。

人間って、あんなに速く走れたんだ……。

「っしゃぁ！　今日は猪だけじゃなく兎も食えるぞ！　気合入れろ！　西田は可能なら兎狩り！　無理ならこっちに寄せ付けるな！　猪は俺がヤル！」

そしてこの人、北山様。

リーダーとして君臨しているのは間違いないが、あまり特徴がない。

しかしながら、正確に獣達の急所に剣を差し込んでいるのは見事と言う他ないだろう。

非常に地味、しかし適格。

そんな風にして、狩りは順調に進んでいく。

私は後ろで見ているだけに過ぎないが、この人達は非常に野性的だ。

街に居る時より、山に入ってからの方がイキイキしている気がする。

そして何より、奴隷である私に無茶な命令を出さない。

戦闘奴隷以外の場合、こういう場面では囮になれとか餌になれと言われる事も珍しくない。

この貧相な体では余り想像していなかったが、夜の相手をしろと言われる事も覚悟していた。

だというのに私は、街では主人と同じ食事を与えられ、戦場では隠れて居ろと命じられるだけ。

暇だったら狩った魔獣の死体集めて？　なんて言って、マジックバッグまで預けられてしまう程。

普通こんな貴重なモノを奴隷に預けたりはしない。

何なんだろう、この人達は。

見た目的には、山賊にしか見えない〝狩り〟を繰り返しているのだが。

「おっけい！　猪終わり！　東、もう放していいぞ！」

「ぶっは、今回のはきつかった！　この鎧あんまり良くないヤツだ、皆も気を付けて！」

「お前ら！　兎手伝え！　あぁもう、逃げる！　逃げちゃうって！」

わちゃわちゃと慌ただしく動き回りながら、この日の成果はビッグボア2匹とホーンラビット7匹。

一流のウォーカーや騎士達なら大した事のない数字だと笑うかもしれないが、それでも普通はもっと大人数で獲りにかかる魔獣だ。

魔法も使わないで戦い、更にはたったの三人でこの数字となれば流石に異常。

今日遭遇したビッグボアが特別小さかったとか弱かったとか、そんな事は決してないというのに。

「南ー、解体するぞー！」

「……あっ、はい！」

これも変化の一つ。

私には元々名前が無かった。

名前も付けられず売る為だけに育てられてきた私は、今まで〝名無し〟とか〝お前〟とか呼ばれてきた。

でも、今日名前を貰った。

今まで何度か買われ、そして売られた経験はあっても、名前をくれた人なんて一人もいなかった。

だからこそ、まだ慣れない。

私にはもう名前があるのだという実感が、未だに湧かない。

私の名前は〝ミナミ〟。

ミナミ、ミナミ、南。

皆様ちょっと変わった発音をするので、〝南〟が正しいのだろう。

未だに呼ばれた時、すぐに私の事だと分からず反応が遅れてしまったりもするが。

それでも、コレが私の名前。

これから私は〝南〟として生きていく。

なんでも北山様、西田様、東様に続いて、南というのは非常に重要な名前なんだとか。

そんな訳で、今日から私は〝南〟になった。

「えっと、血抜きからしないといけないんですけど……ここまでおっきいと」

「吊るせばいい？　それじゃ僕がやるよ、どうすれば効率が良いか教えて？」

「す、すみません東様」

「んじゃ俺は周りの警戒とかまど作りって事で。西田は野草探し」

「あいよぉ、香辛料とかねぇもんかねぇ？　あ、そうだ。街の人に聞いたんだけど、この辺ニンニクがあるらしいぜ？」

「探せぇ！　野郎ども！　ニンニクを探せぇ！」

そんな会話をしながら、狩ったばかりの獣を処理していく。

私に渡された解体用ナイフは、皆さまの装備よりもずっと高い値段の物。

最初は断ったが、絶対に必要になるという事で購入した。

この人達は、魔獣の皮や魔石などを売って生活しているのだろうか？

だとすれば、ここまで解体作業の丁寧さに拘るのも分かる。

しかし奴隷の私が一番高い刃物を持ち、マジックバッグを腰に下げている事態は、ちょっと胃が痛くなってくるが。

「王猪は、毛皮と牙、そして魔石や骨が主な買い取り部位になります。ですので、他の部位は焼いてしまいますね？」

「そうだね、美味しいもんね」

「……はい？」

今、何か信じられない言葉が聞こえた気がする。

「南、骨とかはどうでもいいから、肉はなるべく食べやすい様にな？　でも野営だからでっかいままで頼む。いくつかのブロックになる様に切り分けておいてくれ」

「あの、えっと」

「今日も猪肉かぁ……旨いから良いけどさ。あ、そういやマスタード買ったよな⁉　アレ付けてみようぜ！」

各々が楽しそうに喋っているが、この人達は何を言っているのだろう？

この王猪は魔獣だ、魔獣なのだ。

だから、その、あの。

あれ？　私がおかしいのか？

そういえば戦闘中も似た様な事を叫んでいた様な……。

え？　まさかホーンラビットの方も？

「ん？　どうした？　疲れたんなら交代するぞ？　東、南をテントに連れて行ってやってくれ、後は俺がやる。毛皮を剥いだ後なら俺でも何とかなるからな」

「了解。南ちゃん、ご飯が出来るまで休んでよっか？　お疲れ様」

体の大きな東様に抱き抱えられ、呆けている内にテントの中へと放り込まれる。

い、いや待って欲しい。

それどころじゃない筈だ。

「あ、あの！　魔獣を食べるのですか⁉」

思わず大声を出してしまえば、三人とも不思議そうな顔で振り返って来た。

そして。

「食うよ？　旨いし」

「最初は匂いがキツいかもしれないけど、慣れれば悪くないよ？　っていうか普通の肉より味が濃いんだぜ？」

「調理は僕らでするから、南ちゃんは休んでて？」

あぁ神様。

呪われた魔獣の肉を、私はこれから食さねばいけないらしいです。

コレが私の買われた理由ですか。

人体実験ですか、私を使って魔人に変わるかどうか試すつもりですか。

この身が御身の下へ向かった時は、どうか……どうか。

そんな祈りを捧げていると、なんだかとても良い香りが漂ってきた。

昨日食べた焼肉よりも、更に美味しそうな匂い。

「フフフ、今までの俺とは違うのだよ……調味料、香辛料、そしてこの焼き加減！　西田！　スープはどうじゃ⁉」

「ククク、こうちゃん、ばっちりだぜ。今日はキノコと山人参、兎肉のコンソメスープじゃ」

「その良く分からないテンションは置いておいて、凄く良い匂いだね。ニンニクと醤油を使ったの？　スープも凄く良い香り」

「「こっちでも醤油は醤油って言うらしいぞ！」」

「あ、うん。そうだったね、滅茶苦茶どうでもいいけど、分かり易くてよかったよ」

テントから顔を出してみれば、でっかい肉をクルクルしながらタレを塗る北山様とスープを混ぜる西田様。

そして食器を用意する東様が、呆れた様に笑っていた。

あれ、魔獣の肉なんだよね？

おかしいな、凄く美味しそうに見えるんだけど。

その匂いと光景に、思わずお腹の虫が鳴り響くのであった。

※※※

奴隷として買われてから三日目。

段々と〝南〟という名前にも慣れて来て、呼ばれた瞬間に反応できる様になって来た。

その度に、胸の奥にジワリジワリと喜びが広がっていくのが分かる。

『南、ちょっと来てくれ』『南ちゃんスマン、良いかな？』『南ちゃーん、ちょっと教えて貰って良い？』そんな言葉を掛けられる度、私は〝南〟なんだと実感出来る。

存在の証明である、名前。

それを私は手に入れたんだと、今更ながら実感している。

そんな私は今、森の中で随分とのんびりしていた。

何をしているのかと聞かれれば、釣りである。

なんでも昨日手に入れた魔獣肉の下ごしらえをするから、今日はのんびりするんだとか。

北山様は山の様な肉の切り分けと味付け、西田様は普段使う薬草と山菜探し。

そして東様は私の隣で釣り糸を垂らしている。

「魚、釣れるといいねぇ」

「えっと……はい」

結局、私は魔獣の肉を食べてしまった。

食べてしまったのだ。

奴隷の地下独房に捕らわれていた頃を思い出し、目の前の美味しそうなモノに思わず手を伸ばしてしまった。

何と軽率な、何と愚かな。

そんな風に思うものの、王猪の肉はとてつもなく美味しかった。

実験材料にされているんだ……なんて思っていたが、ご主人様達も普通に食べる食べる。

私が地下で飼われている間に常識が変わったのか？　なんて思ってしまう程に、豪快に食していた。

表面に摺り下ろしたニンニクと醤油を塗り、直火で炙る。

香りが増していた事から、ミリンや酒も使ったのだろう。

匂いからして暴力的だった。

だというのに、切り分けられたお肉を受け取ってみればまず大きさに驚く。

こんなに食べてしまって良いのかと思う程豪快に盛られた肉は、私のお皿からはみ出すほどに大盛りだった。

香ばしい香りを放ちながら、更には温かいどころか熱そうな湯気を放っている。

凄い、料理というのは湯気からして美味しいのか。

匂いはもちろん、その熱く放たれる湯気さえも「これから食べるぞ！」という気にさせてくれる。

温かい食事が貰える事に感動していた私よ、何処へ行った。

もはやこの時点で昨日までの私はどこかへ家出したのだろう。

香り、熱さ、更には見た目。

様々な感覚を刺激するお肉様を前に、私はタラリと涎を垂らしながら、盛大に腹の虫を響かせた。

ご主人様達に勧められ、「いただきます」をしてから一口齧れば。

「あっ、これはもう戻れません……」

今まで肉を食べる機会なんて殆どなかったが、アレは別格だった。

噛みついた瞬間に溢れ出す肉汁。

まるで飲んでいるのではないかと思う程、旨味を含んだ肉油が口の中に広がり、肉そのものは非常にプリプリとして美味。

筋張っている訳でも無く、熱を通した王猪の肉は噛めば噛むほど深い味わいを感じ取る事が出来た。

しかも柔らかいのだ。

魔獣の肉が特殊なのか、それとも調理の腕が良いのか。

噛み切れないなんて事は絶対にない。

いくらでも食べられてしまうのではないかと思う程で、次から次へと口に放り込んだ。

本来の奴隷なら、こんな事許されないだろう。

ハッと気付いて、恐る恐るご主人様達に視線を向けてみれば。

「スープも旨いぞ、飲んでみろ」

皆満面の笑みで、西田様が作ったスープを差し出してくれた。

ニコニコ笑顔の山賊達に見守られる中、金色のスープを啜《すす》れば……今までの常識がひっくり返った。

コレがスープというモノだったのかと、思わず一息に飲み干してしまった。

兎肉の油が乗り、山人参の甘味がスープに染み渡り、そしてコンソメを使った絶妙な味付け。

中に入っていたキノコは見た事が無かったが、噛んでみれば何かのお肉かと言う程の噛み応えと味わい。

しかし、やってしまった。

もっとじっくりと味わえば良かったモノを、私は一息でスープを啜ってしまったのだ。

凄く美味しかった、だからこそもっと欲しい。

とはいえ奴隷の私にはそんな事が言える筈もなく、ジッと器を見つめていると。

「西田、スープおかわり。俺と南の分な」

「あいよぉ」

私の持っていた器をご主人様がスッと持ち去り、更にはおかわりを注いでいる西田様。

い、良いのだろうか……？

なんて事を考えている内にも、先程のスープが再び手渡された。

なんだか、さっきより具がいっぱい入っている気がする。

「あ、あの……」

「旨かったか？」

「……はい」

「なら、いっぱい食え。飯を作った奴はな、旨そうにいっぱい食ってくれる方が嬉しいモンだ」

「は、はいっ！　いただきます！」

幸せだった。

こんなにも美味しいのに、お腹いっぱいになるまで食べられるなんて思ってもみなかった。

奴隷は基本的に主人の余り物を頂く。

食事が無い事があるなんて当たり前。

奴隷商に居る間も、肉どころかスープでさえクズ野菜と少量の塩しか入っていなかった。

だというのに、なんだコレは。

いくら食べても怒られない、むしろ「いっぱい食べろ」「好き嫌いが無くて偉いね？」なんて褒められる。

食べているのは呪われた魔獣の肉だが、こんなに美味しいのであれば呪われたって構わないとさえ思えた。

それくらいに、美味しいのだ。

そして、ご主人様達は皆優しい。

怒る事も、叩く事もしない。

何よりお腹いっぱい美味しいモノを食べさせてくれる。

こんなに幸せで良いのだろうか？

そんな事ばかり考えながら、昨日は眠りについた。

主人達より高価な、とても柔らかい毛布に包まれながら。

なんというか、今でも信じられない。

こんな事ってあるのだろうか？

しかも今日だって「昨日よりも旨いモン食わせてやる」とかなんとか、皆して意気込んでいる。

昨日よりも美味しいモノ……いったい何を食べさせてくれるのだろう。

「南ちゃん、眠くなっちゃった？　涎垂れてるよ」

「ッハ⁉　すみません東様、大丈夫です」

完全に昨日の記憶にトリップしていた。

今私に与えられている仕事は魚を釣る事。

ご主人様達のお役に立てる様、そして食料を増やす為にも今は仕事に集中しなくては。

「お、かかったかな？」

何でもない顔をしながら、東様が釣り竿を引き上げる。

糸の先についていたのは、五十センチはありそうな大きなモノ。

ピラークと呼ばれる人食い魚。

川の中に入った人間や動物を、集団で襲うとされている魔獣。

本来なら魔魚とでも言った方が良いのかもしれないが、その辺りは一括りに魔獣と呼ばれている。

でも、この人達の前では食材に他ならないのだ。

そして既に、東様は三匹目である。

対する私は、一匹も釣れていない。

「わ、私も頑張ります！」

「うん、頑張ろう。でもこういうのは運も絡むから、あんまり気負い過ぎないでね？」

そうは言われても、私自身何も出来ないのは辛い。

せめて一匹でも吊り上げて、役に立つのだとアピールしたいところなのだが……。

なんて思った矢先、釣り竿にピクリと振動が伝わって来た。

「あっ！　コレ来たかもしれません！」

「お、頑張れー。でもあんまり前のめりになると……」

次の瞬間、グンッ！　と凄い勢いで川の方へと引っ張られた。

……え？　なにこれ。

疑問を浮かべながらも宙を浮く体。

岩の上に腰かけていたのに、真っ逆さまに川へと向かって転落していく。

そして川の中に居るのは、先程から釣り上げている人食い魚。

もしもその中に私みたいな獲物が放り込まれれば……どうなるかは想像に難くない。

「い、いや……っ」

どんどんと水面が迫ってくる間に、短い悲鳴を洩らした。

その時。

「メーデーメーデーメーデー！　川の中まで救援求む！」

東様の大声と共に、私は彼の腕の中に納まった。

次の瞬間、ザバァァン！　という盛大な音と共に、全身が水に浸かった。

眼を開いてみればそこら中を泳いでいるピラーク、その全てが私達の方へと視線を向けている。

不味い、明らかに数が多い。

このままではモノの数秒で骨しか残らない程啄《ついば》まれてしまう事だろう。

せめて私を囮に、東様だけでも……。

なんて事を考えた次の瞬間、視線の先に小さな袋が水中に投げ込まれてきた。

袋の口からは、水に溶ける様にして広がる赤い粉。

アレはいったい……？

その後すぐにザブンッ！　ザブンッ！　と何かが水中に二つほど侵入してくる音。

一瞬しか見えなかったが、間違いなく北山様と西田様。

不味い不味い不味い。

ピラークは音と匂いで獲物を捜す、このままでは皆……。

だがしかしピラーク達は赤い粉に吸い寄せられる様に泳いで行き、私達から離れていく。

いったい、何が？

そう思った途端、ザバァッ！　と派手な音を立てながら、私は東様の手によって川岸へと放り投げられた。

「ご主人様方⁉」

私なんかのせいで、あの人達がピラークの餌食になるなど起こってはいけない事態。

コレがいけ好かない主であったのなら、そのまま食われてしまえと望んだかもしれない。

でも彼らは違うのだ。

魔獣肉とはいえ私に満足な食事を与えてくれた。

私には〝解体〟の仕事を任せてくれて、無茶な事はさせなかった。

そんなご主人様達が、私なんかのせいで命を落としてしまったら。

奴隷達からすれば〝大当たり〟なんて言われそうな主人達が、もしも居なくなってしまったら。

そう考えるだけで異常に体温が下がっていく。

「嫌です……お願いです。囮なら私がやりますから、どうか……どうかっ！」

泣きそうになりながら川の中へと戻ろうとした瞬間。

ザパァッ！　と派手な音をしながら三体のフルプレートが水から上がって来た。

……へ？

「よくやった南。まさか飛び込んだ方が早いとは思わなかった」

「斬新だけど、悪くないなこりゃ。赤ハーブが有ればどうにでもなりそうだ」

「まぁ事故だけどねぇ、南ちゃん怪我してない？」

鎧の至る所から水が溢れ出し、兜からはピューッっと水が噴射しておられる。

だというのに、彼等の両手には大きなピラークが一匹ずつ捕まっていた。

先程東様が吊り上げた三匹と合わせれば計九匹。

四人で食べるには十分な食料だろう。

そのままザブザブと音を立てながら陸に上がって来る鎧達。

もうこの時点でおかしい。

普通はフルプレートのまま川に飛び込んだりしない。

「つま、なにはともあれ怪我人が出なくてよかったわ。んじゃ俺は引き続き飯の用意。西田は山菜探しが終わってんならハーブ調合な。東は南と一緒に魚捌いてくれ」

そう言いながら私を助け起こしてくれる北山様。

しかし。

「あ、あのご主人様。背中にピラークがくっ付いてます」

「お？　マジか、取って貰っていいか？」

そのまま北山様が後ろを向くと、腰辺りの鎧に齧りついている三十センチ台のピラークが一匹。

その口からは釣り糸が伸びており、引っ張ってみれば私の釣り竿が川の中から現れた。

これって、もしかして。

「やったじゃん南ちゃん。初の食材確保だよ」

東様に肩を叩かれ、ハッと意識を取り戻す。

このピラーク、私が釣ろうとしていた奴だ。

というか、私を川に引きずり込んだヤツだ。

「おぉー、南ちゃんの初狩りか。ホレ、とどめを刺してやんな」

そう言って、西田様がナイフを差し出してくる。

思わず受け取ってしまうが、私は生き物を殺した経験が無い。

解体を習った時でさえ、基本的には死んだ後の物ばかり相手にしていた。

なので……未だ河辺でビチビチと跳ねる魚に対して、私はナイフを構えたまま動けなくなってしまっていた。

「無理はしなくてもいい。でも、食べるってのはそういう事なんだぜ？」

ガシガシと濡れた頭を乱暴に撫でる北山様は、どこか寂しそうな声を上げながら、私のナイフを取り上げようと手を伸ばしてくる。

だけど……。

「わ、私がやります！　これは私の獲物ですから！」

そう言って、ナイフを握りしめた。

目の前に居る魚、ピラーク。

これは人肉でさえ食し、一般的には恐れられている魔獣の類。

ならば、大儀は私にある。

殺せる、私にだってちゃんと殺せるんだ。

「フッ！　フッ！」

いつの間にか呼吸は荒くなり、ナイフを持った手はガタガタと震えていた。

でも殺さなきゃ、私でも役に立てるんだって、ご主人様に知って貰わなきゃ。

そんな想いで、ナイフを高く振り上げた。

しかし。

「いいか、南。生き物を殺すってのは、何も悪い事ばかりじゃない。食べる為に殺す、そりゃ当たり前の事だ。そんでな、魚ってのは」

北山様が私の手を取り、ピラークの鰓《えら》の部分にナイフを向けさせる。

そして。

「いいか？　ダメなら言え。いますぐに」

「だ、大丈夫です。出来ます……」

そう答えた瞬間、スッとナイフがピラークの鰓の中に入り込んだ。

切り裂いた感触はあるものの、想像していた様な〝殺した〟感覚はまるで伝わってこない。

だというのにピラークはピクピクと痙攣し、すぐに動かなくなった。

え？　あれ？　今、私が殺した？

そんな疑問を抱いている内に、北山様から頭を撫でられる。

「慣れろとは言わねぇけどさ。俺らが食べて生きる為には、殺すしかねえんだわ。だからよ、ゴメンって謝ったって良い。ざまぁねぇなって罵ったって良い。でも、〝食べる以外の目的ではなるべく殺すな〟。いいな？」

「……はぃ、はいっ！　分かりました」

コレが奴隷として生きて来た私に対して、主からの最初の教えであった。

※※※

はい、という訳で今日は魚パーティ！

イエエエイ！

初討伐だったからか、南がちょっとナイーブになってしまっているが、ソレを振り払うくらい旨いものを作って行こうじゃないか。
今日のメニューは魚尽くし。
殺して食って、己の糧になると教えてやらにゃ。
そんな訳で、今日はシンプルに魚の塩焼き&ソテー。
捌いてみて分かったが、このピラークとかいう人食い魚。
随分と綺麗な白身。
しかも肉厚、プリップリだ。
多分川魚で良いと思うんだが、その辺は良く分からん。
海の生物っぽいモノも居たし。
川に居たから川魚、決定。
という訳で、塩焼きの方はコレでもかと言う程塩をまぶして摺り込んでいく。
尻尾なんて塩で固める勢いでグリグリと塩を押し付け、いつもの如く槍に突き刺す。
串に刺してのんびり焼きたかったのだが、残念な事にこいつ等、皆デカいのだ。
腸《はらわた》を取り除き、中身をちょちょいと洗って塩振ってブッ刺して焼く。
以上、非常に簡単。
今日はお肉の代わりに魚を回す日になったという訳だ。
こっちは西田と東に頼んだ。
なんでもリアルモン〇ンをやってる気分になって楽しいらしい。

実際焼いてみると非常に手間と時間が掛かるので、結構飽きそうな作業なのだが。

そして次、白身魚のソテー。

ソテーなんて格好つけて言って見たものの、要はバターと醤油などなどを使って焼いた魚だ。

ソテーの定義をそもそも知らん。

詰まる話、味付けてフライパンで焼けばソテーなのである。

知らんけど、料理するヤツがソテーって言ったらソテーなのである。

そんな訳で用意するのは醤油、酒、そして何と言ってもバター。

更には付け合わせとして、西田が採取して来た野菜各種を切り分けて一緒に焼く。

なんとこの世界、野菜がその辺に生えているのだ。

なんだこの蔦《つた》？　って引っこ抜いて下からジャガイモが出て来た時はマジで驚いた。

何でも野菜を育てる魔獣が居るとか何とか、是非とも会ってみたいものだ。

という事で西田と東が塩焼きをクルクルしている間、俺はソテーに取り掛かる。

「あ、あのご主人様。私にも何か……」

手持ち無沙汰になってしまったのか、南がこちらに来たので手伝って貰おう。

まずは南が綺麗に三枚におろしてくれた魚の表面に、塩と胡椒を振りかける。

味は後で付けるので適当なところでストップをかける。

熱したフライパンにバターと薄く輪切りにしたニンニクも放り込み、香りを出す。

塩胡椒で下味を付けた魚を皮の方からフライパンに並べ、焼き色が付くまでじっくり焼いていく。

大体火が通ってきたら、反対側も同じ様に火を通す。

途中南が「あっ！」と声を上げたので見てみれば、どうやら身を崩してしまったらしい。

分かる、魚って弄り過ぎるとすぐ崩れるんだよな。

まあそんな事もあるさと励ましつつ、焼き色が入ってから酒と醤油を追加。

ジュー！　と、なんとも食欲を誘う音と匂いを放ちながらも、フライパンに蓋をする。

その数分後、塩焼き班から「多分焼けた！」と言う声が上がると同時に蓋を開けてみると。

「うんむ、良いだろう。こっちも完成だ」

熱い湯気と共に、周囲に広がる香ばしい魚と調味料の香り。

この光景を見るだけでも、先週とは大違いだと実感できる。

更には隣で見ていた南からも、ゴクリと唾を飲み込む音が聞こえる辺り、やはり手間を掛けたのは正解だと思える。

その日、食卓には多くの魚が並んだ。

品数は少ないが、とにかく量が多い。

そんな中、南が不安そうな声で手を上げて来た。

「あ、あの……私が食べても良いのでしょうか？　私はご主人様の脚を引っ張った愚か者です。私が食べる権利など……その」

何やらおかしな事を言い始める南。

昼間の事をまだ引きずっているのだろうか？

正直あんなの失敗の内に入らん。

最初の俺らを見せてやりたいね。

変なモノ食って腹壊したり、マンガ肉を焼いている途中で火の中に落したりと散々だったのだから。

「であれば、南に主人として命令する」

「「よっ、リーダー！」」

なんか捲《まく》し立ててくる馬鹿二人は放置して、俺は南と向き合った。

そして。

「好き嫌いせず食べなさい。お腹いっぱいになるまで、遠慮せずに食べる事！　という訳で、いただきます！」

「「いただきますっ！」」

「あ、え？　えと、いただきます……」

何だかんだ有りつつも、皆一斉に箸を動かした。

遠慮気味だった南に対し、皆してどんどん取り分けてやれば、南の皿はすぐさま山盛りになっていく。

その後は男達の争奪戦。

焼き魚はホクホクと口の中で白身が躍る様な旨味を感じ、ソテーはコレでもかという程、調味料の凄さを感じた。

食うしかない、コレを食わなければ絶対に後悔する。

そんな勢いで魚を奪い合い、〝向こう側〟だったら残りそうな野菜各種も争奪戦の対象となる。

旨い、全部旨いのだ。

その辺に生えているくせに人参は甘味が強く、何より火が通りやすくてすぐ柔らかくなってくれる。

更にジャガイモはホクホクと柔らかく口の中で蕩け、尚且つソテーと一緒に焼いた事で味が十分に染みていた。

自分達の努力の結果だからなのか、やはり魔獣は普通の動物に比べて旨いのか。

とにかく箸が止まらない。

というか野菜ですら旨いのだ、こっちの世界は食い物がヤバイ。

「うぉぉい！　ソレ俺が狙ってた魚！」

「早い者勝ちだろ？　こっちは俺が頂いた」

「それじゃ野菜貰うね。いやぁ……旨い。なんでこんな味が濃いんだろう」

いつも通りの会話を交わしながら、落ち着いたところで南の方へ視線を向ける。

食欲に任せて争奪戦をしてしまったが……足りただろうか？

なんて、心配しながら眼を向けていれば。

「ホント、美味しいです。ありがとうございます」

彼女は涙を目尻に溜めながら、まだまだ山盛りの皿を抱えてモリモリと食べていた。

うんむ、実によろしい。

子供は食べる事が第一だ。

そんな事を考えたのは俺だけじゃなかったらしく、皆してのほほんとした笑みを浮かべて南を見ていた。

こうして、南を含めた二日目の野営生活が終わっていく。

最初は不安だったが、彼女も随分と馴染んでくれたらしい。

この調子なら、多分一週間くらい余裕だろう。

とにかく、彼女の体力とお肉を取り戻すのが最優先。

明日からも栄養のあるお肉と野菜を仕入れようではないか。

誰しもそんな決意を胸に抱き、俺達はその後も魚を奪い合ったのであった。

※※※

サバイバル。

それは全ての本能を曝け出す。

人は獣に戻り、獣が獣を食らう為だけに争いを繰り広げる。

愉快、実に愉快。

とかなんとか、完全に慣れて来た俺達はサバイバルを楽しんでいた。

異世界ヤバイ、超楽しい。

「こうちゃん！　二時方向の木の上！　鳥！　何かの鳥！」

「うわデッカ！　食べ応えありそうだね、頑張れリーダー！」

「まっかせときんしゃぁぁぁい！」

ブンッ！　と音を立てながら槍を放り投げた。

刃の部分しか金属が使われておらず、持ち手の部分は木製だったので非常に軽い。

こっちに来たばかりの頃の俺なら、これでも重かっただろうが。

男子三日なんとやら……半分以上も覚えていないことわざを思い浮かべながら、投擲《とうてき》した槍の向かう先を睨む。

ビギャア！　みたいな鳴き声が聞こえて、バサリとデカい鳥が地面に落ちた。

槍は貫通し、向かいの木に突き刺さってしまったが。

「ジャアアックポォォォオットォォォ！」

「あちゃぁ、槍が上に残っちゃったか……東、ちと俺の装備よろしく。回収してくるわ」

「了解、気を付けてね？　北君全力で投げ過ぎだよ……普通貫通する？」

「……もう、突っ込みませんからね？」

皆それぞれ感想を残すも、無事朝食をゲットだ。

せっかくだから街で買った携帯食料食べてみようぜって言ってたのに、西田がチキン食べたいとか言うから思わず探してしまった。

そして見つけたのが肉厚の青い鳥。

なんだろう……クジャクの羽が付いた鶏みたいな見た目だ。

青いけど。

その後南に青鶏を解体して貰い、その間に俺が投げつけた槍の回収も終わった。

残念な事に刃にヒビが入ってしまい、デカい魔獣との戦闘には使えなくなってしまったが。

まあそんな事はどうでもいい。

前回同様？　安い武器をいっぱい仕入れて来たのだ、代えはまだまだマジックバッグに入っている。

「さてさて、でっかい鶏肉だけどどうするね？　街で調味料は色々買ったし、照り焼きチキンにでもしちゃうかい？」

「あ、なら携帯食料にパンがあったじゃん？　アレでテリヤキバーガー作ろうぜ」

「あぁ、いいねぇ。姫様から貰ったマジックバッグが凄いヤツだったから、野菜も新鮮なままだし。レタス出しておくね？」

「……姫様？」

とりあえず方向性が決まり、各々準備を開始する。

今回使う鶏肉はとりあえず半分だけ。

残りをマジックバッグに仕舞い、その代わりにフライパンとボウルを登場させる。

街に居た時に一番種類を揃えたのが、調理器具各種と調味料だ。

料理に関しても前回は塩オンリーだったから、殆ど焼くだけの食事だったが……今週は一味も二味も違うという訳だ。

なんて、今更過ぎるか。

今週は散々醤油やらバターやら使っている訳だし。

「東、パン半分に切って鉄板で焼いておいてくれ。弱火な弱火、温めるくらいな感じで」

「あいあいー」

「薪はこんなもんでいいかぁ？　こうちゃん何か手伝う？」

「サンキュ。とりあえず揉み込んだりするから、手洗ってこいよ。南も一緒にいってらぁ」

「了解しました」

そんな訳で調理開始だ。

とは言っても、別に俺らはプロじゃない。

しかも独身男性の集いだ。

南も解体は出来るが調理はした事がないというので、少しずつ教えて今後に期待。

まあ、そんな訳で。

俺達が作るのは大体〝男飯〟。

ガツンと腹に来て、満腹になればそれでいい。

スープとかも試してはいるが、店に並ぶ物と比べれば雲泥の差があるだろう。

でも、ソレで良いのだ。

色々試して、自分達で作って。

そんで旨いか不味いか、それだけでも結構楽しいもんだ。

ソレが異世界に来てからの俺達の感想。

詰まる話、食う為だけに俺達は冒険をしている。

「さってと、そんじゃ始めますかね」

「期待してるよ、リーダー」

「だからそのリーダーっての止めろよ」

そんな事を言いながら、まな板の上に転がした鶏肉を均等な厚さになる様に捌いていく。

照り焼きの場合、あんまり厚さが変わると味も変わると何処かで聞いた。

良く分からんがコレだけデカい鶏肉なら、口に入る程度の厚さに切るという感じで、余り面倒な作業とも思わないが。

もはやステーキ肉かと言わんばかりのサイズだが、むしろコレが良い。

サバイバルやってる感を味わうのも、野営の楽しみだと思っている。

続きまして、片栗粉。

結構驚いたのがこの世界、調味料がかなり豊富だ。

過去にも勇者の召喚があったり、同じ様な調味料が作られていたりと理由は色々らしいが。

俺達の思い付く調味料は普通に売られていた。

ちょっと名前が違ったりもするが、マヨネーズさえも売られていたくらいだ。

なんて御託は良いとして、鶏肉に片栗粉をまぶしていく。

そんでもって、塩と胡椒も突っ込んで軽くモミモミ。

物にもよるが塩胡椒を忘れると結構臭みが出る。

そんな訳で大体の食材は塩やら胡椒やらで匂い消しをしているが、それでも臭い場合は緑ハーブさんの出番だ。

アイツはマジで万能過ぎる。

体や鎧の匂いだけではなく、食材の臭みまで消してくれる。

問題の味だが、そのまままぶして焼いて齧ったりすれば何かのお茶？　みたいな味が微かにする程度。

他の調味料と混ぜると微かにハーブの香りを残す程度で、全く味を邪魔してこない。

流石はピンチの時に頼りになる緑ハーブだ。

コレを持っていればゾンビに噛まれても安心出来る。

「やっぱ手慣れてるよねぇ北君。元々料理上手だったし」

「止めろ恥ずかしい。俺は男飯くらいしか作れねぇやい」

「照れなくてもいいのに」

携帯食料のパンを温めている東がのほほんとした様子でそんな事を呟いてくる。

どうでもいいけど、あのパン、美味しいのだろうか？

前回の携帯食料には乾パンみたいなのが入っていたので、まぁお菓子感覚で食えたが。

今回は街で買った、ちょっと硬そうなパンだ。

手を加えないと美味しくないのかもしれないが……とりあえずは食ってみてからだな。

「さって、そんじゃ鶏肉焼いていきますかぁ」

皮が付いている場合は、ソレを下面に。

熱したフライパンに油をたらし、鶏肉を投入すればジュッ！　と良い音が響き渡る。

後は数分焼いて、残る反面も焼いて、味を付ければ終わり。

実に簡単だ。

なんて思っていた頃に、西田と南が帰って来た。

「こうちゃん手洗ってきたぜい、何すればいい？」

「お待たせしました、お手伝いさせて下さい」

そんな二人に、さっき半分に切った鶏肉とボウル、そしてその他各種の調味料を差し出した。

「ユー達は次のご飯の下準備だ。南、鶏肉を一口大に切ってくれ。西田はニンニクとショウガを摺り下ろして。終わったらボウルの中で調味料と一緒にひたすらモミモミするのじゃ」

良く分からない口調のまま醤油、みりん、酒などを手渡すと、西田の顔がみるみる輝いていく。

どうやら、何がしたいのか理解したらしい。

「リーダー！　アンタ最高だよ！」

「……？　とにかく肉を細かくすれば良いのですか？」

二人はそれぞれ反応を返しながら、モクモクと作業を始めた。

よしよし、南も随分馴染んで来た様だ。

良い傾向じゃ。

「北君、そろそろ良いんじゃない？　こっちも温め終わったけど……一応味見しておく？　何か硬そうなんだよね」

「おっと、焦がしちゃ不味いな。パンの方は……ちょっと齧ってみてくれ、後は任せる。旨いも不味いも、一回食って見なきゃ分からんし」

「りょーかーい」

そう言いながら鶏肉をひっくり返せば、綺麗なきつね色。

いいねいいね、旨そうだ。

もう反面も数分間火を通し、その後余分な脂を拭き取る。

油が取れるよ！　って言われて買ってしまった変な綿で油を吸収していくが……なんでもコレ、魔獣羊の毛であり、しかも特殊個体との事。

その魔獣自体の数が多いらしく、お値段はかなり安かった。

使ってみると分かるが、油分が取れる取れる。

揚げ物鍋であっても一握り、野球ボールくらいのサイズを放り込めば全部吸収してしまうのではないか？　なんて思ってしまう程優秀だった。

とまぁ異世界便利道具を使いながら、余分な油を撤去した後、醤油、みりん、酒、砂糖を加えていく。

正直最後の砂糖を除けば、その他三つは万能の組み合わせ。

生姜焼きにも、焼き鳥にも、唐揚げにだって使える。

その他に欲しいモノを加えれば良いだけという、男飯の最たる味方なのだ。

三つの神器を十分に絡み合わせ、味が染み込んで良い色に染まった辺りでフライパンから肉を上げる。

「ほい、お待たせ。良く分からん青い鳥の照り焼きだ」

今日も今日とて男飯。

そしてサバイバーならではの大胆な味付けと調理方法。

だがソレが良い。

今の俺達には、コレが一番合っている気がする。

※※※

いただきます！　と手を合わせてから青い鳥の照り焼きチキンバーガーに皆してかぶりついた。

結果。

「うめぇぇ！　でもパンがかてぇ……悪くなったフランスパンみたいな硬さだな」

「何だこの鶏肉！　超うめぇ！　野菜もうめぇ！　でもパン、お前はダメだ。噛み切れない事はないが」

「う、うまい……けどやっぱパンがなぁ……これでもオリーブオイル染み込ませたりとか色々やったんだよ？　でも硬いなぁ、あとあんまり味がしない」

「えっと……携帯食料のパンはこんなモノですよ？　味が無かったり、塩辛かったり、酸っぱかったり。でも、このお肉と野菜は凄く美味しいです。私が頂いて良いのかと思ってしまう程に……」

当初「奴隷は主人の残り物を頂くのが普通ですので」なんて言っていた南も、俺達のごり押しで一緒に食卓を囲んでくれる様になったのは良い事だ。

だがしかし、せっかくなら良いモノを食べさせたい。

なんといっても細いのだ、ちっちゃいのだ、この子。

可愛らしい猫耳と猫尻尾を生やしてはいるが、如何せん心配になる程ガリガリなのだ。

今は皮鎧に身を包んでいるが、ソレを脱いで最初のボロ布ワンピースになればどこに出しても恥ずかしくない孤児に変わる。

いや、色々と言葉選びがおかしいか。

とにかく、この遠征……というかサバイバルで肥えさせねば。

「とりあえず、マジックバッグもある事だしパンは普通のモノにしよう。もしくは米だな」

「米なぁ……市場でも見ないんだよなぁ」

「確かにそろそろ食べたいね……ご飯」

「〝コメ〟なら有りますよ？　あまり一般的ではないので市場の端というか、目立たない位置に店を出すらしいですが。需要はある様なので、特定の店は直接契約で取引しているみたいです」

「「ちょっと詳しく！」」

南の言う事には、何でも〝米〟は存在しているらしい。

まあコレだけ醤油やみりんなど、親しみのある調味料が揃っているくらいだ。

確かにあってもおかしくない、おかしくはないが……俺らには見つけられなかった代物なのだ。

「えっと……次に街に戻った時、ご案内しますね。私も聞いただけなので、正確には知らないんですけど」

「「お願いします！」」

若干引き気味の南が、やれやれと言った雰囲気で苦笑いを溢した。

彼女を仲間に入れてまだ数日だが……少しだけ健康そうになって来ただろうか？

最初はサバイバー飯が受け入れられるか不安があったが、意外な事に彼女はモリモリ食べる。

いやはや実に良い事だ。

「では、とりあえず今は食事を済ませてしまいましょう。すぐにコメは手に入りません、でも〝罠〟を張った場所から、獲物が掛かる音が聞こえて来ましたから」

その言葉を聞いた瞬間、全員が照り焼きバーガーを口の中に押し込んだ。

旨い、非常に肉が旨い。

今度から青い鳥を見つけたら即効で狩る様にしよう。

幸いにも解体が得意な南が居るお陰で、美しい青い羽や魔石、その他諸々も採取できる訳だし。

俺らだけで解体したら、多分半分以上がボロボロになっていただろう。

そんな事を考えながらも俺達は食事を済ませ、武器を構えた。

「うっし。南、どこの罠か分かるか？」

「南東ですね。あそこは赤ハーブと兜の罠ですから、多分リスか何かだと思います」

「それじゃ、リスは俺が回収してくるわ。皆はもう少し休憩――」

「あ、北西の罠にも何か掛かりました。多分大型です」

西田が軽く声を上げた途端、また違う獲物が掛かってしまったらしい。

おやおや、大収穫じゃないか。

思わず口元がにやける中、皆の視線が俺の方を向いた。

「んじゃ、大物を片付けてからリス。あとはまた魚が食いてぇなぁ」

そんな適当な指示を出して、俺達は動き始めた。

なんとも自由奔放。

やりたい事、食べたい物が有ればそれが優先。

なんとも、〝向こう側〟じゃ考えられなかった生活。

とにかく自由。

体を動かして、食って、寝て、また生きる為に体を動かす。

案外、こっちの世界も悪くないものだ。

※※※

私はご主人様達を甘く見ていた。

魔獣を食らう変な人達。

そんな風に思っていのだが、それ以上だった。

「チェストォォォ！」

「マジか⁉　今ので獲ったの⁉　ちょっと潜ってくるわ！」

「何か川だっていうのに、海の生物っぽいのが結構居るね……ちょっと貝とか探してきてもいい？　あっ！　今海老が居た！」

前とは違う水辺を見つけた私達。

そして先程ヒビの入った槍を、水中に向かって投げつける北山様。

更には回収に向かう西田様。

マイペースに貝など集める東様。

でも全員、フルプレートの鎧を着たままなのだ。

しかも平然と川に潜る、というか沈む。

なんだろう、色々とあり得ない。

そもそも川辺から槍を投擲して魚を獲るってなんだ。

そして何故西田様は一度潜るごとに数匹の魚を抱えて戻ってくるのだろうか。

更に言えば東様は一抱えもありそうな貝を拾って川から上がってくる。

一応言っておこう、今回のも魔獣だ。

前回同様、人食い魚と呼ばれる大きな魚と、挟んだ物は絶対離さないと言われる二枚貝など。

そんな危険物を、この人達は平然と捕まえてくる。

もう慣れたと言って良いのか分からないが、魔獣を食べる事はこの際気にしないでおこう。

でもこの人達、いちいち狩りの仕方がおかしいのだ。

「うっし、こんなもんでいいだろ。昼飯はさっきの鳥の唐揚げ、夜は魚介類を使った飯にしよう。今日はココで野営、東は河原の石をどかしてテントの用意。西田は薪と山菜の確保。南は今の内に集めて来た魚を捌いておいてくれ」

「「了解！」」

「は、はい……」

もう、慣れるしかないんでしょうね。

山賊未満、ウォーカー以上くらいな野営能力。

この森だから魔獣ばかり相手にしているが、普通の森に行けば野生動物も多い筈だ。

そうなると、彼らは片っ端から食いかねない。

野生動物は、魔獣に比べて小さいのだ。

そんな風に思ってしまう程、彼らの〝狩り〟は豪快で、手際が良かった。

この河原にたどり着く前に、鹿や鳥の魔獣を数匹、ついでに狩るくらいには。

「南、これって砂抜き……は必要なのか？　あんまり貝には詳しくないんだが」

さっき仕入れたばかりの魔獣達を川岸に並べ、難しい顔をしている北山様。

なんというか、この人達は何故こうも戦闘中とギャップが激しいのだろう。

はぁ、とため息を吐きながら眼の前に並べられた貝から手に取った。

「海ではないので、そこまでではないと思いますが……やっておいた方が良いでしょうね。魔獣では試した事はありませんが、普通と同じ手順で大丈夫なら、私がやりますね」

「頼むわ、やっぱ頼りになるな。南が居てくれなかったらコイツが食えなかった」

「いえ、コレくらいなんでもありません」

そしてこの人達は、いちいち褒めてくるのだ。

何でもない事でも、大袈裟に。

ソレが何とも落ち着かないけど……頼って貰える事がちょっとだけ嬉しかった。

※※※

アクシデント。

いつかはこんな事になるかもと思っていたのだが……ソレが、今日起きてしまった。

「なんでっ……なんでこんな！」

「リーダー！　これ、まだ何とかなるよね⁉　なるって言ってよ！」

西田と東が悲痛な叫び声をあげながら、滝の様な涙を溢している。

それは俺だって同じ想いだ。

もっと周りを警戒していれば、こんな最悪の事態にはならなかったのかもしれないのに……。

悔やんでも悔やみきれない。

もう、戻ってくる事など無いのだから……。

「ご主人様方……あの、今は魔獣に集中すべきかと」

南の一言で、全員の視線が一匹の魔獣に集まった。

そいつは猪。

今までに出会った奴より、１・５倍くらいデカい。

そんな巨大な猪が、俺達の大事な大事な〝唐揚げ〟を美味しそうに頬張っていた。

「東、西田。今回の奴はデカい、油断するな。最初は俺が行く、バックアップ頼んだ」

「僕が先頭じゃなくていいの？」

「あぁ……俺が行く」

「こうちゃん、頭に来るのは分かるが……無茶だけはしない様にな」

静かに頷いてから、それぞれの武器を手にする。

東は大盾、西田は槍。

そして俺は、さっきまで唐揚げを揚げていた揚げ物鍋を掴んだ。

「あの、北山様……ふざけている状況ではない気がするのですが――」

南の言葉を受けながらも、俺達は走り出した。

二人は左右に分かれ、猪を囲む様に陣取る。

最後に俺は、相手の正面から突っ込んでいき……。

「てめぇを唐揚げにしてやるわボケぇぇぇ！　返せコラぁぁぁ！」

大量の熱した油を、猪の顔面にぶちまけるのであった。

※※※

それは一瞬の出来事であった。

周囲の警戒をしていた西田様や東様もソワソワと北山様の様子を窺っているご様子。

あまりにも集中できていない。

とはいえ、私も同じ様なモノだった。

ジュワッ！　と良い音が鳴り響き、次々と鶏肉が揚げ物鍋に放り込まれていく。

油の匂いが強いが、それでも肉に揉み込んだ調味料の香りが鼻をくすぐる。

揚げ物と言えば街中でも一般的だが、ここまで美味しそうな香りを放つモノは初めてだ。

情けない事に、私も調理中の北山様をチラチラと視線で追いかけ、思わずお腹が鳴った。

もはや魔獣の肉がどうとか、そういうのはどうでも良くなっていた。

何の肉であろうと、ご主人様達の作るご飯は美味しい。

こんな食事、奴隷商で過ごしていた時ではあり得ないモノだったのだ。

だからこそ、涎が垂れるのを我慢しながら警戒に徹していた……つもりだったのだが。

「ほい、皆味見してくれ。付け合わせに何を出すか決めるからよ」

そう言って〝唐揚げ〟を一人一個ずつ持って来てくれた北山様が、神様に見えた。

ご主人様達がヒョイっと摘まみ上げるのを確認してから、私も最後の一個を手に取る。

グローブをしているので熱くはないが、多分このまま口に放り込んだら火傷するやつだ。

西田様も東様も「熱っ、熱っ！　うまっ！」なんて言いながら咀嚼しているくらいだし。

私は必死でフーフーと息を吹きかけながら、小さく齧りついた。

すると……。

「美味しい……美味しいです！　何ですかコレ⁉　今まで食べたどんなお肉よりも、ずっと美味しいです！」

「お、南は唐揚げが気に入ったか。魔獣肉だからなのか、味が濃くて旨いんだよな。しかもニンニクと生姜でパンチも効いてる。よっし、南の好みを捜す為にもレモンとマヨ、あとは柚子胡椒と全部出ししてみるか！」

「俺マヨ！」

「僕はレモン！」

何やら皆様嬉しそうに声を上げ始めるが、もう手元にある〝唐揚げ〟に夢中になってしまった。

柔らかい鶏肉に、衣と染み込んだ調味料の味わい。

噛めば溢れ出す鶏肉の油と、アツアツだからこそ噛みしめたいという今までにない感覚。

油で揚げた衣でさえとんでもなく美味しいと感じられる、そんな至福の時間。

今日の食事は、こんなにも美味しいモノが食べられるのかと期待を膨らませていたその時。

無粋な横やりが入ったのであった。

ガシャン、と北山様の背後から響く皿の割れる音。

「え？」と、皆して声を上げながらそちらに視線を向けてみれば……そこには王猪が。

しかも普通の個体よりも大きく、更に毛の色も少しだけ違う。

変異種、上位種。

その言葉が思い浮かんだ瞬間ゾッと背中が冷たくなった。

アレは数人では敵う筈もない相手。

冷静に考えれば、すぐにでも撤退するべき状況だった。

例え荷物を全て捨て去ってでも、〝アレ〟がこっちに向かってくる前に。

だというのに、王猪が一心不乱に地面に落ちた〝何か〟を食べている。

その食べている物が問題だったのだろう。

周りに居たご主人様達は、一斉に悲鳴を上げた。

「いやぁぁぁ！　なに⁉　何してくれてんのお前⁉」

「てめぇぇぇ！　フゴフゴ言いながら俺らの唐揚げ食ってんじゃねぇよぉぉぉ！」

「あぁぁぁ！　今日の昼ご飯がぁぁぁ！　まだ一つしか食べてないのに！」

あの巨大な猪を前に、恐怖で悲鳴を上げるなら分かるが……食事を取られたショックにより悲鳴を上げる人を初めて見た。

奴隷とは、大体が買われても再び売りに出されるモノ。

だからこそ狩りなどに多少経験があったが……普通は変異種に遭遇したら逃げるモノだ。

悪い主人などに買われた場合、囮役としてその場に残される事はあるが。

なんて事を考えている間も、ご主人様達は地に落ちた唐揚げに向かって悲鳴を上げ続ける。

何やらブツブツと会話を重ねながら、彼らは何故か武器を手に取った。

若干一名、鍋を持っているが。

「あの、北山様……ふざけている状況ではない気がするのですが――」

そう声を掛けた瞬間、彼らは走り出した。

いつもの猪狩りとは陣形が違う。

これは皆冷静な判断が出来てないんじゃ――。

「てめぇを唐揚げにしてやるわボケぇぇぇ！　返せコラぁぁぁ！」

北山様が先程まで揚げ物をしていた油を、王猪にぶっかけた。

当然熱い、むしろ熱いどころでは済まされない。

猪は地団駄を踏みながら頭を振り回している。

相当なダメージだったのだろう。

眼球は熱で白濁してしまい、多分この先景色を楽しむ事だって出来ないだろう。

そんな中、東様が後方側面に回り込み。

「ふんぬぁぁぁ！」

大盾を横にしてフルスイング。

絶対盾の使い方を間違えていると思う。

でもその盾が後ろ脚の骨を砕き、猪は〝お座り〟でもしているかの様な体勢になってしまった。

そして未だ悶え苦しむ猪の顎の下から、西田様が槍を喉に向かって突き立てる。

「こうちゃん！　ぶっころせぇぇ！」

「おっしゃぁぁぁ！」

喉に切っ先が刺さった程度ではまだ死んでいなかった猪。

だというのに、高く飛び上がった北山様が全体重を乗せて上から引っ叩いた。

大きな揚げ物鍋で、ズコーン！　と間抜けな音を立てながら。

その結果。

――ブモォォォ！　という猪にあるまじき悲鳴を上げながら、王猪の上位種は頭を槍に向かって沈めた。

下に居た西田様なんて酷い状況。

裂けた喉元から大量に噴射する猪の血を全身に浴び、盗賊どころか物語に出てくる悪魔かって程に真っ赤に染まっている。

「とどめだぁ！　東ぁ！　手を貸せぇ！　西田は退避ぃぃ！　潰されんぞぉぉ！」

その掛け声と共に、北山様と東様が再び空を舞い……そして落ちて来た。

それぞれの手に、揚げ物鍋と大盾を振りかぶって。

というか、もう猪、息絶えてませんかね？

あぁ、コレが食べ物の恨みってやつか。

なんて、どこか唖然としながら眺めていると。

「「せいはぁぁ！」」

二人の渾身の打撃が猪の顔面にぶち当たり、首元からは西田様の槍が貫通した。

コレは完全に、まごう事なきご臨終でございます。

首元からも首裏からも血が噴き出し、まるで真っ赤な噴水の様に辺りを染めていく中。

三人のご主人様が帰ってくる。

その身を真っ赤に染めて、悪魔の様な姿のフルプレートを身にまといながら。

「南、解体を手伝ってくれ。唐揚げはまた今度作る」

「……あ、はい」

やっぱり私のご主人様達は、何処かおかしいです。

※※※

ウォーカーギルドの支部長は、食後のコーヒーを楽しみながら報告書に目を通していた。

そこに書かれているのはどれも、周囲の魔獣がやけに多くなってきたという報告。

殆どのウォーカーは日帰り、または数日程度で終わる仕事を好む。

かなりの実力者や人数の多い団体、または国からの依頼となれば別だが……普通ならソコまで多くの携帯食料を持ち込めないのが大きな原因だろう。

マジックバッグを持っている者も確かに居るが、周囲を警戒しながら長い時間を掛けて調理する程の暇がない。

なので基本は携帯食料の乾パンや干し肉などを齧って、飢えを満たす。

当然そんな生活を続ければストレスが溜まる上、十分な栄養が取れない為、団体行動に支障をきたすのだ。

十分に訓練された兵士などであれば違うだろうが、言い方は悪いが所詮はウォーカー。

詰まる話、一般人の成り上がりなのである。

だからこそ、我慢には限界がある。

人間の三大欲求とされる食欲、睡眠欲、性欲。

そのどれも満足に満たせない状況でずっと魔獣が多く潜む地に滞在するなど、ウォーカーには不可能。

眼が飛び出る程の報酬でも出ない限り、まず我慢する人間はいないだろう。

そんな風に思っていたのだが。

「支部長……ご報告が」

やや疲れた表情で、受付嬢のアイリが支部長室に顔を出した。

いつもならノックくらいはするのだが……それすら待つのがもどかしい問題でも起きたのだろうか？

「彼らが無事に帰還しました。なので、こちらに通します……」

はて、彼らとは……？

なんて首を傾げてみるものの、すぐに思いだした。

一週間ほど前、奴隷を購入して仕事を受ける様に指示を出した〝魔獣食い〟の者達か。

おぉ、ではその結果が今日分かるという事か！

なんて久しぶりに気持ちを高揚させながら「通せ」なんて声を上げた瞬間。

「ご依頼通り、王猪を狩ってきましたぁ。でっかいのも居たんで、ボーナスお願いしまーす」

そんな声を上げながら、アイリを避けて室内に侵入してきた数は四つ。

しかし、視界に入るのは三つの大きな毛皮だけ。

更にその内の一つは、あり得ないくらいに大きい。

「あ、えっと、ん？　ん？　えーと？」

困惑の声を上げていれば、一番大きな毛皮の向こうからリーダーと思われる男が顔を出した。

「どうっすか？　前回よりも綺麗に剥げた上に、滅茶苦茶デカくないっすか？　南が言うには〝変異種〟って奴らしいんですけど。コレ、高く売れます？」

確かに綺麗な毛皮だ。

処理もいいのか、生臭さも少ない。

だが……コレはちょっとデカ過ぎないか？

彼の言葉と同時に、毛皮の向こうからそれぞれが顔を出してニカッと笑みを向けてくる。

一人、やけに小さな少女だけが不安そうな顔を浮かべているが。

「あぁ、その。分かった、いつもより買い取り金額を増やす約束はしよう。変異種であれば、それも上乗せする事を約束する。だからその……とりあえず仕舞ってくれんか？　威圧感が酷い事になっている」

彼らには確かに王猪の討伐依頼を出した。

だがソレは、ついでの様なモノ。

魔獣の肉を食って、普通で居られるのかどうか。

その実験の為に、奴隷を買う事を勧めた。

調査するべきは彼ら自身と奴隷の少女。

だから、王猪を討伐出来ようが失敗しようがどちらでもよかった。

だというのに……何でこいつ等はとんでもないデカさの猪を狩ってきてしまったのだろう。

またレベルが上がってるんじゃないか？

しかも奴隷とも結構友好的な関係を築いているみたいだし。

もしも実験材料として買わせた、なんて事がバレたら滅茶苦茶ブチ切れそうだ。

ちょっと、考えるだけで胃が痛い。

「と、とにかく。ご苦労だった、先日……というか先週の依頼通り、今一度鑑定させて貰う。良いな？」

どうにかそれだけ声を掛け、残りのコーヒーを一気に飲み干した。

はぁ……ほんと、何なんだろうこの新人。

※※※

「おっし、またレベルアップ。36だってよ」

「こっちも一緒、やっぱレベル上がりづらくなってくるのな」

「僕も同じ。とはいえまぁ仕方ないんじゃない？　なんだか猪も余裕で狩れる様になってきちゃったし」

「あっ、あの。私はレベル12になりました。ありがとうございます」

それぞれが声を洩らす中、部屋の隅で見ていた私は戦慄していた。

記憶違いでなければ、彼らはウォーカーに登録した時点ではレベル1だった筈。

ハッキリ言ってソレもあり得ないのだが。

レベル1なんて、子供中の子供。

仕事を本格的に始める十五歳くらいになれば誰しも5～6、多ければ10程度には上がっている。

そもそもレベルは戦闘能力の数値ではないのか？　なんて話が出るくらいで、一般市民はあまり気にしない。

一般的に喧嘩が強い奴ほどレベルが高い、くらいの認識。

しかし専門職などで名を売る人間は、総じてレベルが高い事が多い。

その辺りから、戦闘だけではなく技術面でもレベルが上がるのかも？　という疑問も上がるが、実際には良く分かっていない。

まあウォーカーとしては強さ＝レベルみたいなところが有るので、私も大して気にしていなかったが……。

彼らのレベルアップ速度は異常だ。

彼等自身が特別なのか、それとも四六時中戦闘している様な環境に身を置いているのかは定かではないが。

普通はレベル36なんて、かなりの戦闘経験が無いと到達しない。

近隣の森などで魔獣が多くなってきたという報告は受けているものの、この周辺だけでそのレベルに達したという人間は聞いた事が無い。

前回のレベル30にも驚いたが、今回の結果を聞いて「まだ上がるのか」と言いたくなる気分だ。

奴隷の少女だってそうだ。

幼い内から奴隷として扱われていたのか、報告では彼女のレベルは低かった筈。

だというのに一週間で倍以上にまで上がっている。

魔獣肉の影響か、それとも彼らと行動を共にしているからなのかは分からないが……。

そして何より、普通のウォーカーは一週間も森に籠らない。

もはや全てが異常なのだ。

「で、では皆、カードを見せてくれるか？　奴隷の少女もだ、状態異常などがないか調べる」

支部長がそう声を掛ければ、皆素直にカードを差し出した。

コレも正直、あまり起こり得ない光景だ。

ステータスカードとは身分証にもなるが、同時に〝鑑定〟を行った後の数分間だけは、詳細情報まで提示されている。

レベルはもちろん、〝称号〟や状態異常まで表示されているのだ。

一般人の場合、レベルや称号などは決して見せたがらない。

レベル＝強さという常識が少なからず蔓延《はびこ》っている現状や、何かおかしな称号を付いてしまう事がある為、衛兵などに問い詰められない限りは殆どこの状態で見せる事は無い。

普段は名前と職業などしか表示されない為、それくらいなら見せても良いという人が殆どなのだが……彼らの場合は全ての情報を躊躇なく晒している。

そして、奴隷の少女も。

彼女の場合自由が無かったからこそ、全てを提示するのに抵抗が無いのかもしれないが。

そして主人たる彼らが情報を晒しているのだ、自分だけ見せないという選択肢は存在しないのだろう。

「ふむ……」

支部長が険しい顔でそれぞれのカードを確認していく。

特に、奴隷の少女のカードは入念に。

支部長の気になっているポイントは、間違いなく〝状態異常〟と〝種族〟。

なにせ魔獣の肉を食らうというパーティだ。

何かしらの状態異常が発生すると考える方が正しい。

魔獣とは瘴気に当てられ、変化した動物の名称。

その身は呪われ、血肉は人間にとって毒なのだと教えられてきた。

そしてその肉を口にすれば、その身は魔族に堕ちるなんて童話だって広まっている。

それがこの世界の常識。

だからこそ〝呪い〟などの状態異常、または体を蝕む毒などが検知出来ればと思っていたのだろうが……。

「奴隷の少女も……健康か。何か体に違和感などはないか？」

「え？　あ、はい。至って健康です。ご主人様達に、毎日美味しいご飯を頂いておりますので」

「美味しい、ご飯……か」

「最初は驚きましたが、はい」

そんな会話が終わると、それぞれにカードを返す支部長。

今回はコレと言って異常は見られなかったらしい。

彼らの異常なレベルアップ以外には。

「では引き続き頼む。今回の件で君達のランクをいくつか上げようと思っているのだが……そうだな、先程見せてくれた毛皮なども精査してからランクに反映したいと思う。二日ほど経ってからまたギルドに来てくれるか？」

ランク？　え、休日？　その間の食材は？　なんて色々な言葉が聞こえてきたが、彼らは特に噛みついてくる事も無く、支部長室を後にした。

コレで良かった……のだろうか？

なんというか、一抹の不安を覚えるのだが。

「アイリ、どう思う」

室内に二人きりになった瞬間、支部長は大きなため息を貰しながら私に声を掛けて来た。

「正直、思っている疑念をぶつけて、協力を仰ぐべきだったんじゃないかって……そう思います。なんというか私達の〝常識〟が通じない部分がある様に見えたので、後々になってこじれる方が厄介になる相手かと」

「そういうのは先に言ってくれ……」

やけに情けない声を上げながら、支部長がベチャッと机に突っ伏した。

なんとも情けない、ウォーカーが見たら酷く落胆する姿だろう。

「ソレは支部長が判断する内容ですから、受付の私にはとてもとても。確かに異質である事には間違いありませんが、他の者でも急激にレベルアップした例もあります。ソレを踏まえた上でも、魔獣の肉を食らうという異質性はあります。ただし、奴隷の女の子にコレと言って異常が無かったのであれば……魔獣の肉は、〝食べられる〟モノだという可能性も。そして何より、彼らはウォーカーにしては随分と紳士的です。ちょっとテンションが高くて、見た目は山賊ですけど。なので包み隠さず話しておかないと、後で恨みを買うかもしれませんよ？」

「だから……あぁもう、アイリが支部長やってくれないか？」

包み隠さず感想を言ってみれば、これまた情けない言葉が返って来た。

なんでこうウチの支部長は……まぁ今更か。

「とにかく、彼らが再びやって来る二日後までに答えを決めておく事ですね。それによって、彼らの対応も決まってきますから」

「なるべく穏便に行きたいが……無理だろうなぁ……」

それればかりは知らん。

彼らの懐の大きさによって決まるだろう。

そんな事を思いながら、はぁと大きなため息を溢した。

本当に、あの人達はなんなんでしょうね？

【第五章】★ 酒と装備と受付嬢

休日、それは人生のオアシス。

今までといえば山に籠って猪を狩ったり、狼を狩ったり。

夜だって見張りを立てて、三時間交代で起きたりと随分と気ままな生活を送って来た。

なんて快適な生活だろう。

毎日六時間も眠れるのだ。

ちなみに南に関しては、『子供は寝るのも仕事の内です』と言い聞かせ、無理矢理八～九時間睡眠を取らせていた。

俺ら全員半ブラック企業に勤めていた影響もあって、睡眠時間を削る事だけは得意中の得意。

しかし子供には良くないだろう。

十二歳くらいの小学生にしか見えない外見だし、未だに線が細い。

もっと健康的に、更に大人になったら考えても良いが、今は食べる事と寝る事が大事だ。

まあそれはさておき、〝こちら側〟に来てから随分と体の調子が良い。

レベルが上がってからアクロバティックな動きだって平然と出来る様になったし、一時間くらいなら全力で動き続けても割と平気。

おっさんなのに。

それくらいに、〝健康的な体〟を手にしてしまったのだ。

だったらもう動かすしかない。

そんな思いで一週間ぶっ続けでジャングルを駆け巡っていた俺達だったが……。

「なぁ、休日って何するんだっけ？」

「こうちゃん止めろ、こっちに来てまでそんな事言うな」

「とりあえず遠征先の食料の確保と、武具の新調……後は、後は……あ、鳥でも探しに行かない？　結局唐揚げ食べてないし、ソレが良いよ。何処かの屋根とかに止まってないかなぁ」

「あの……ご主人様方。せっかく街で過ごされる休日なのです、何か美味しいモノでも召し上がっては如何でしょう？　遠征先では、なかなか食べられないモノとか……えっと、高級なモノは駄目だから……えっと……お酒とか？」

「「それだ！」」

「あの、二人共？　防具とか先に揃えてからね？」

南の一言により、とりあえず酒を飲もうと決まりかけたが。

残念な事に東の言う通り装備を揃えなければ。

前回行った鍛冶屋はダメだ、あそこで買った武器は壊れやす過ぎる。

安物だからって言ってしまえばそれまでかもしれないが、鳥を貫通して木に刺さっただけでヒビの入る槍って何だよ。

後は猪をぶん殴っただけで壊れる盾とか、話にならん。

前回姫様に貰ったお古の兵士装備の方が倍以上マシだった。

とはいえ、今回ばかりは鎧までベコベコのグシャグシャなので、いい加減全部買い換えないと。

「んだよっ！　金払うって言ってんだろ⁉」

「黙れ小童が！　オシメが取れてから出直してこい！」

そんな怒号が、目の前で響き渡った。

追い出されるウォーカーと思われる方々、その後から金槌《かなづち》を振り回しながら追い払うちっちゃいおじさん。

ちっちゃいおじさんと言っても、都市伝説なんかにある手のひらサイズじゃない。

南と同じくらいの身長で、ムキムキマッチョメン。

そして長い髭《ひげ》面。

これは、これはまさか。

「「ドワーフだぁぁ！」」

「えと、ドワーフですね」

思わず三人で叫んでしまったが、思いっきり失礼だっただろう。

正直反省。

「なんじゃ小僧共、ドワーフを見るのは初めてか？」

当たり前だが相手にも気付かれ、思いっきり睨まれてしまった。

しかしやはりドワーフ、まごう事なきドワーフ。

コレで興奮しない男はいない。

なんたって武器といえばドワーフ、防具といえばドワーフ。

そして酒といえばドワーフなのだから。

「俺らと一緒に酒飲んで下さい！」

「握手して下さい！」

「やっぱり武具を作るのが得意なんですか⁉　それともアクセサリーとか⁉」

「ご主人様方……落ち着いて下さい、相手がドン引きしています。どうしたのですか？」

「えっと……なんだぁ？　お前ら」

困惑顔のドワーフさんと、俺達はエンカウントした。

この縁を逃しちゃならねぇとばかりに酒屋に誘う。

そりゃもうバリバリ誘う。

今回の毛皮とか討伐報酬でちょっとお財布が温かい事もあって、滅茶苦茶お願いした。

だってドワーフだもん。

一緒に飲みたいじゃん。

「まぁ、なんだ。飲んでやらん事も無いが……なんじゃお前ら」

物凄く不審そうな顔をしていたが、とにかく言質《げんち》は取った。

後は酒場じゃ、酒場を用意せよ！

なんて叫んでみれば、ため息交じりにドワーフのお気に入りのお店に連れて行って貰える事になってしまった。

やったぜ。

フンフンと三人して鼻歌交じりについて行くが。

「どうなってもしりませんよ……？　ドワーフの勧める酒場なんて……」

南だけは、凄く嫌そうな顔をしていた気がした。

※※※

そして結局、問題は起きた。

考えが甘かったのだ。

ドワーフは酒飲み、その認識は間違っていなかった。

しかし、こちらにも酒飲みが居た事を忘れていた。

「だぁから！　このウィスキーはそんなにガブガブ飲んじゃ駄目だって言ってんだよ！」

「あぁ!?　小僧の分際でドワーフに酒の飲み方をウダウダ抜かすか！」

酔っぱらった西田が、先程のドワーフに思いっきり絡んでいた。

名前はトールさんと言うらしい。

なんでも結構有名な鍛冶《かじ》師であり、気に入った客にしか武具を作らないとか。

しかもやはり横の繋がりはあるらしく、彼は鎧などが専門。

仲間のドワーフが武器各種などを取り扱っているらしく、詰まる話ココで険悪になると全てが終わるという事だ。

あぁ、俺らこの街でのウォーカー活動終了かな？

なんて思っていると。

「いいかぁ？　この酒はまず口に少しだけ含んで、香りを楽しむんだよ。何の為のストレートだと思ってんだ。そんな喉の奥に押し込むだけの飲み方は、酒に対しての冒涜《ぼうとく》だ！　新卒の新社会人に無理矢理飲ませてんじゃねぇんだぞ⁉」

「全く訳の分からん事ばかり言いおって！　酒とは酒気が全てじゃろうが！　強い酒は旨い！　そんな事すら分からんか！」

「はぁぁぁ……だったらライターオイルでも飲んでろよ、ダメだこりゃ。まるで分かっちゃいねぇ。あ～ぁ、ドワーフなんてこんなもんか。つまんねぇ奴ら、そりゃ偏屈にもなるわな」

「あぁ⁉　もういっぺん言って見ろ小僧！」

これは、非常に良くない。

西田は酔うのは早い、だがその状態が随分と続くタイプだ。

詰まる話、一番お酒を楽しめるタイプ。

しかも二日酔いに殆どならないと来た。

その為酒のこだわりは強く、俺らの中で誰よりも飲める。

そして詳しい。

だからこそ、なのか……。

西田は酒飲みドワーフに食って掛かってしまった。

「北君、止めなくて良いの？　このままじゃ、ちょっとヤバくない？」

「東、既に手遅れだ。南、いざとなったら金だけ置いて逃げるぞ？　準備しておけ」

「あぃ～、分かりましゅたぁ……」

「……おい、何を飲んだ？」

「わたし、もう成人してましゅからぁ、お酒のめますよぉ？」

「だめぇ！　この世界の成人が何歳か知らないけど、南はまだ飲んじゃダメぇ！」

南はいったい何歳なのだろう。

そしてこの世界の成人とは？　なんて考えている内に、西田とドワーフが立ち上がった。

「この分からず屋がぁ！　いっぺん試しに言う通り飲んでみろや！　マスター！　新しいウィスキー……いや、ワインだ！　飲み方を教えてやるにはワインが一番良い！　お上品な味でドワーフの舌の常識を覆してやるわ！」

「はっ！　ワインなんぞ水よ水！　浴びる程飲んでも酔ったりせんわい！」

「分かってねぇ、分かってねぇよ。酔うだけが酒の全てじゃねぇんだよ。消毒用のアルコールでも買って来てやろうか？　あん？」

ダメだ、もう俺達には手が出せん。

こうなってしまっては、俺達は西田にそれとなく注意を促す事しか出来ないだろう。

酔っ払いに対して、どれほど効果があるのかは知らないが。

「西田……あまりムダ金は使わない様にな」

「安心しろリーダー、数本だけで酒の良さってのを理解させて見せる。ココの会計は、大して高くならねぇよ」

「だと良いんだけどねぇ……西君が久しぶりにマジだ」

「ごしゅじんさま、おかわり良いですか？」

「ダメです」

なんやかんやありながら、夜は更けていく。

隣で騒がしい二人を意識の外へ放り出し、東と二人で男飲み。

間に挟んでいた筈の南は、いつの間にか俺達二人の膝の上を独占しながら横たわっていた。

何ともアクロバティックな寝相だ。

なんだろう、この飲み会。

新入社員歓迎会でも、こんな事態にはならない気がする。

怖い、怖いよ異世界。

結局それから一時間程飲みかわし、俺と東、そして背中に担がれた南は予約した宿へ向かう事となった。

だがしかし。

「リーダー！　この樽野郎に旨い酒の飲み方教えてから帰るわ！」

「はっ！　潰れても道端に放っておくからな！　ホラ次に行くぞい！」

何だかんだ意気投合したのか、残る二人は夜の街へと消えていった。

お会計もそれなりだったし、一応セーフ？

西田には金貨一枚持たせたけど、流石に一晩で使い切る事はしないだろう。

多分。

「大丈夫かなぁ……」

「東、そっとしておいてやれ。多分アレは、アイツなりのストレス発散なんだよ」

「だといいけど……帰ってこられるかなぁ？」

「……しらん」

結局俺達はほろ酔い状態のまま宿に戻った。

奴隷だけでは部屋が取れないという事で、四人部屋。

ちなみに前回は三人部屋だったが、一泊だったので俺がソファーで寝た。

室内に女子が居るというのは些かドギマギするが、流石に十代半ばと思われる南に汚い感情を押し付ける事など出来る筈もなく。

酒の影響もあって、すぐさまぐっすりと眠りにつけそうだ。

本来酒が入っていると眠りが浅くなると言われるが……野営に比べればずっと安心して眠れる環境だ。

それにこの二週間で、俺ら以外の生物が近づいて来た時には自然と目が覚める習慣が身についいているから多分問題ない。

なので、普段よりずっとぐっすりと眠れる筈だろう。

なんて事を思っている内に、すぐさま瞼が重くなっていく。

あぁ、風呂は明日だな……。

そんな思考を最後に、俺達は完全に夢の世界へと落ちていったのであった。

※※※

翌日、西田が帰って来た。

朝帰りですよコイツ、あぁいやらしい。

なんてからかってみたら。

「ちげぇよ、そういう店に行ってた訳じゃねぇ！　トールの所に泊まったよ！　最終的に何故か飾ってあった鎧の中で目が覚めたよ！」

コイツは何を言っているんだろう。

鎧の中って……いや待て。

ドワーフと仲良くなったのは良いが、お前鎧を何処に置いて来た。

あんなにベコベコグシャグシャだとしても、俺らの世界の薄っぺらいジャージで帰ってくる奴があるか。

そんなもん兎の毛皮より頼りないんだぞ。

「あぁ～……その事なんだけどさ」

何やら困った様に視線を彷徨わせながら、西田がボリボリと頭を掻いた。

なんだろう、凄く嫌な予感がする。

まさか賭け事でもやって身ぐるみ剥がされた挙句、借金でも拵えて来た訳じゃあるまいな。

「二人に相談しなかったのは正直悪かったと思ってるんだ。んで更にスマン、昨日の金貨全部溶かしちまった」

これはアレだろうか。

予感的中ってヤツなのだろうか。

思わず俺と東は天を仰いだ。

神よ、今すぐこのクソ酔っ払い男に天誅を。

一週間に一回、女の子から「うわっ、キモっ」とか全力で言われる呪いでもかけてやって下さい。

「西田……お前って奴は……」

「西君、お酒は飲んでも飲まれちゃ駄目だよ……それで？　借金はどれくらいになっちゃったの？」

完全に脱力した俺達は、宿屋の食堂の天井を眺めながら必死で涙を堪えていた。

あぁ、俺達の異世界生活……ここに終わる。

「へ？　あ、ちげぇよ！　借金とか作ってないって！　あ、いやこれから借金になるかもしんねぇけど……」

「西田様……ここはもうすっぱりと本題に入られた方がいいかと。いつまで引き延ばしても、借金は借金ですから……」

「南ちゃんまで⁉」

あぁ、こんな事なら昨日の内に武具を揃えておくんだった。

そうすれば今からでも森に入って飯が食えるし、少なからず稼げる。

しかし、今となってはそうも言っていられない。

今日の宿はキャンセルして、食材と調味料の買い出しも論外。

そして武器無しで、森暮らしのオヤジッティか……。

あぁやっぱり、異世界って世知辛いぜ。

「だから違うって！　トールだよトール！　アイツが知り合いと一緒に俺らの武具一揃え作ってくれるってさ！　武器をいくつもぶっ壊しながら狩りするくらいなら、良い物を一本持っておいた方が長生き出来るぞって」

「「……ん？」」

半分くらい聞いてなかった気がしたが、今ドワーフが俺らに武器作ってくれるって言いました？

俺らより先輩っぽいウォーカーを追い払っていた、あのドワーフが？

「だから、今日全員で店に来いって言われたんだよ。んで、防具の損傷具合からどんな戦い方してるか見るから置いていけって、身ぐるみ剥がされた」

なるほど、だから君はボロボロのジャージ一つで帰還したんだね。

でもお願い、街中とは言え異世界だから。

武器も持たずにジャージで帰ってくんなクソボケ。

まあ、とはいえ。

「マジで終わったかと思ったわ……心臓に悪ぃよ西田。武器無しとかキツイぜ……」

「ホント……今日からずっと山暮らしになるのかとヒヤヒヤしたよ」

「それでも山で生きていける前提で話しているお二人もどうかと思いますけど。とはいえ、これで私も売られずに済みそうですね……」

全員が全員、完全に脱力してテーブルに突っ伏した。

こえぇよ、マジで金銭的に身ぐるみ剥がされたのかと思ったわ。

「まぁ、何はともあれ新しい武具作ってくれるってんなら大歓迎だ。やるじゃん西田」

「しかもドワーフ特製とか、凄いね。僕らが扱っていいのかな」

「いやぁ、そう言って貰えるのはありがたいんだけどさ……」

「まだ何かあるのですか？」

ここに来て、またちょっと不穏な空気になって来た。

「ドワーフが作る装備一式って、結構なお値段らしい。だからその……借金になるかも。なんていうか、その、ゴメン。頭金だけでも用意しておけって言われちった」

オウフ……。

そりゃタダで作ってくれる筈も無いしね。

致し方ないのかもしれないけど……いったいいくら掛かる事やら。

再び宿屋の食堂に、盛大なため息が響き渡るのであった。

※※※

「トール、きたぜぇ」

かなり気安い感じで、西田が鍛冶屋の扉を開く。

昨日ウォーカーが叩き出されていた鍛冶屋だ。

改めて見るとすげぇデカい店。

こんな所に俺らみたいな新人が入っていいのか？　なんてドキドキながら後に続くと。

「おう、待っておったぞ」

昨日見たドワーフのトール、その他に三人ドワーフがカウンターに集まっていた。

そして店内には所狭しと並べられている防具の山。

聞いていた通りトールは防具専門の鍛冶職人らしい。

「紹介するぞ？　武器、というか刃物職人のコール、解体用ナイフなんかもコイツに任せていい。

次に専門は槌や鈍器、とはいえ不器用な訳では無い。珍しい武器の製作なんかはコイツに頼れ、手先が器用なディールだ。そしてもう一人がタール、こいつはお前さん達にぴったりの職人じゃ。包丁や鍋、調理器具なら何でも作る。今存在しない代物でも、アイディアを出せば作ってくれるぞ。そして最後に儂が鎧と盾を作る」

各々から「よろしくのぉ」とかフレンドリーに挨拶され、とりあえず自己紹介をしておいた。

なんだろう、マジで良いのかな。

こんだけ職人を揃えるだけでもかなり金掛かりそうなんだけど。

「そう不安そうにするでないわ。お前さん達の話を聞いて、随分と気になってての。ちゃんと割り引いてやるし、払えない分はツケておいてやるわ。なんでも普段面白いモノを食っているそうじゃないか、それも随分と旨いと聞く。だったらドワーフとしては、やはり興味があってのぉ。やはり旨い酒と肴には目がないんじゃ。だから……儂らにも寄越せ」

どうじゃ？　とばかりに悪い顔するドワーフ達。

顔だけ見れば極悪人か借金取りの類だ。

とはいえ要求してくるのは俺が普段食っている飯と来たもんだ。

これ絶対裏があるんじゃ……作った後に返せない程の借金生活まっしぐらな気が。

「ちょ、ちょっと待って下さい！」

ここに来て、珍しい事に南が叫び声を上げた。

「西田様からどこまで聞いているのかは分かりませんが、私達が食しているのは魔獣です！　この意味が分からない訳では無いでしょう、それでも食べたいと言うのですか？　今日だってまたギルド支部長様から、体に影響が出ていないのか調べられるでしょうし……」

そこまで聞いて、はて？　と首を傾げた。

この意味が分からない訳では無いのでしょう、と言われても訳が分からないのだが。

アイツら旨いぜ？　なんで食べないの？

「分かっておるわ。だからこそ、食ってみたいんじゃ」

「し、しかし……」

「ちょぉおっといいかな？」

二人の会話に割り込んで、無理矢理会話の主導権を貰う。

室内にいる全員の視線が集まるので、些か居心地は悪いが。

「あのさ、魔獣肉がどうした？　普通に旨いぜアレ。何か食うと不味い事でもあるの？　それから、支部長が体を調べるとかなんとか……そりゃ何の話だ？」

俺、西田、東は「訳が分からないよ」とばかりに周りを見回し、それ以外はポカンと口を開けて呆れた眼差しを向けて来た。

なんだよ、こちとら異世界ルーキーズなんだよ。

「あのな、兄ちゃん。魔獣ってのは瘴気を溜めた動物が変異したモンだ。その血肉は呪われ、口にすればその者を新たな魔獣ないし、魔人に変えるなんて言われちょる」

は、何それ。

俺ら滅茶苦茶食ってんだけど。

でもステータスカード見る限り俺ら人間のままよ？

しばらく経ってから変異でもすんの？

「あの、ご主人様。このお話は噂というか、お伽噺《とぎばなし》の類でして。それでも小さな子供でも知っている内容なので、誰も魔獣の肉を口にしないのです。だからこそ支部長様は奴隷を同行させて、ご主人様達が特別なのか、それとも本当に魔獣肉が無害なのかを調べようとしているのだと思いますけど……まさか、魔獣肉の事を知らなかったんですか？」

なんてこった。

俺らは知らず知らずの内に危険物を口にしていたのか。

そして南さえも巻き込んで。

だとしたら今後は控えるか……？

いや、だって森にはほぼ魔獣しか居ないし。

それ以外食べる物ないんだから仕方なくね？

更に言えば、今のところ影響は出て無い。

ていうかもう既に食べちゃったし、その辺りは諦めよう。

多分大丈夫なんだとは思うが……ただ一つ。

どうしても気に入らない点がある。

「よし、支部長をぶっ飛ばそう」

「賛成、俺らを調べるだけならまだしも。南ちゃんを巻き込んだ訳だしな」

「こういうのはちゃんと説明してから人を動かすべきだよねぇ。僕達は自業自得だけど、知らず知らずの内に南ちゃんにまで被害が出てたら誰が責任取るのって話だし」

　三人揃ってボキボキと拳を鳴らして見せれば、南が困った様子で俺達を止めに入った。

「あ、あのご主人様方？　そもそも支部長様の言葉が無ければ私は買って頂けなかった訳でして……最初は驚きましたけど、その、しっかりと納得した上で食べていますから大丈夫ですよ？」

「「「だが殴る」」」

「あの……ウォーカーをクビになったりしないで下さいね？」

　そんな会話を終えてから店を出ていこうとした俺達だったが、トールが「待て待て」と引き留めて来た。

　何だというのか、俺達はいち早く支部長をぶっ飛ばしたいのだが。

「調べたい気持ちも分からなくもない。なんたって世界の神秘に平然と片足突っ込んだ三馬鹿なのじゃからな。そしてその娘っ子も巻き込んだ、なら儂らも混ぜよ。あと何人か加わった所で問題あるまい？　それに、お前らその恰好で行くつもりか？」

　言われてから思い出したが、今の俺達は酷い装備だ。

　鎧はボロボロで今にも外れそうだし、武器も全部駄目にしてしまっている。

　西田に関してはジャージしか着ていない。

「まずは向かいの服屋でマシなモンを買ってこい、それから採寸じゃ。ソレが終わったら希望の武器と鎧を聞いて、そこまで終わったら弟子達が作った失敗作を一通り貸してやるわ。なぁに、失敗作でも儂らが作り終えるくらいまでなら持つだろうよ」

そこまで一息に言い放ち、ガッハッハと盛大に笑うトール。

周りのドワーフ達も、愉快そうに破顔している訳だが……。

「なんでソコまでしてくれる？　俺達は昨日会ったばかりで、魔人とやらに変わるかもしれない。そうでなくても、ただのウォーカー新人なんだけど？」

正直俺達に手を貸す理由が無い様に思える。

というか不利益を生みかねない事案だろうに。

だというのに何故ここまでしてくれる？　何が望みだ？

しかもヤバイって話の魔獣肉を食いたいなんて言い始めるし、このドワーフ達はいったい何を考えて……。

「そんなの決まっておろう、〝面白そう〟だからじゃ。それに魔獣の肉も気になる。ニシダの奴がソレはもう旨そうに語るもんだから、思わず昨日は金貨一枚分も酒を飲んでしまったわい。ドワーフやエルフってのはな、とにかく寿命が長いんじゃ。だからこそ、旨いモンと面白い事にはどこまでも貪欲になるんじゃよ」

そう言って、トールは今日一番の笑みを浮かべていた。

まあとにかく、昨日溶かしたという金貨の行方《ゆくえ》が分かった。

全部酒代になったのか。

一晩で十万も飲むんじゃねぇよ、しかも西田の奢りかい。

というかそうじゃねぇよ。

ただ面白そうってだけで、身を滅ぼすかもしれない物に手を出すのか？

「分かってんのか？　魔獣の肉だぞ？」

「分かってなかったお前さんに言われてもなぁ」

ぐうの音も出ねえ。

「と、とはいえだ。それでトール達が魔獣やら魔人やらに変わったらどうする。俺ら責任なんざ持てないぞ？」

「お前さん達が今のところ変わってねぇから大丈夫じゃねぇか？　知らねえかもしれねぇが、食ったもんってのは一日の間に体に吸収されて、残りはアレで出ていっちまうんだ。もしも毒性の有るもんなら、二週間も食ってたお前さん方はとっくに死んでるか魔人になっておるじゃろうがい」

「確かにそうだけどさ……でも瘴気がどうとかなんだろ？　数年後に変わっちまったらどうすんだよ？」

「お前は数年後までしっかり生きておるか？　ウォーカーなんぞやって、年寄りになるまで生き残れる自信はあるのか？　だったら生きている間は旨いモンを食いたいじゃろうが。さっきも言ったがドワーフは寿命が長い。何か有ったたんなら、あった時に考えればえぇ。未来の事ばかり考えていては、浴びる様に酒なんぞ飲めんわい」

マジでぐうの音も出なくなっちゃったんですけど、どうすればいいですか。

ちょっと男前過ぎませんかね、このドワーフ。

「まあなんだ、それでも引け目を感じるなら儂ら全員に酒を奢れ。それが前金代わりじゃ。その後は……そうだのぉ、お前らの飯が旨ければ割引。その旨いモンを引き続き食わせてくれるならもうちっと考えてやろう。そんで一度使った後、武具を見て満足に扱える腕があると見たら、研ぎと修理も面倒見てやる。どうじゃ？　悪くはあるまい？」

「どんだけ魔獣肉食いてぇんだよ……」

「食った事の無い物には興味が出る、ソレがドワーフじゃ」

さいですか。

なんてちょっと呆れてしまったが、要は俺らに得しかない契約だ。

とはいえ、こいつ等の舌を満足させなきゃ大前提が崩れる訳だが。

とにかく旨さで満足させ、更に引き続き食わせる事が条件で、更にはちゃんと道具が使えているかどうかを見極めさせろって事だな。

なんだろう、本当に職人肌って言うか、商売人としてそれは良いのか？　なんて思ってしまう奴らに会った訳だが。

やはりそこは〝向こう側〟と違って、ドワーフ特有の判断基準なのだろうか。

だったら、旨い汁は吸わせて貰おうか。

「ＯＫ、いいだろう。その失敗作とやらの装備を受け取ったら、俺達はまた森に入る。そんでたんまり土産を持って来てやる。それで良いんだな？」

「おうよ、楽しみにしておるぞ？　……ところで、おっけーってのはどういう意味じゃ？」

「……了解とか、分かったって意味ですハイ」

せっかく格好つけたのに、最後の最後でちょっと恥ずかしい雰囲気になってしまった。

だがそんなモノ知った事ではないとばかりに、ドワーフ達は皆良い笑顔でグッと親指を立ててこちらに向けてきたのであった。

「オッケーじゃ！　旨い肉を期待しておるぞ！」

こうして、異世界初となる鍛冶屋の仲間達をゲットしたのであった。

※※※

「たのもぉぉ！」

支部長室の扉が勢いよく開かれ、三人のウォーカーと一人の奴隷、そして受付嬢のアイリが入って来た。

なんで彼らは普通に入って来られないのか。色々と心臓に悪い。

とはいえ、支部長として動揺を見せる訳にも行かず。

「よく来たな、三人とも。それじゃ早速〝鑑定〟してから、問題なければランクアップの処理を
……」

「支部長さんや、俺らの種族が〝魔人〟とやらに変わっていても、ランクアップはしてくれるのかい？」

リーダーのキタヤマがそんな言葉を溢した瞬間、室内にピリッとした緊張感が広がった。

私とアイリは眉を顰《ひそ》め、慎重に彼らを観察する。

今までは魔獣に対しての知識が薄いと感じていた彼らだったが、やはり誰からか聞いたのか、事情は知っているとばかりにニヤッと口元を吊り上げている。

これは……良くないな。

こんな事なら、最初から説明して協力を仰ぐべきだったか。

「色々と勉強して来たみたいだな……その点に関しては、私が頭を下げる他ないだろう。だが分かってくれ、これはウォーカーにとって、いや国民にとって重要な情報なのだ。魔獣の肉が食用可能となれば、ウォーカーの存在意義も大きく変わって——」

「や、ぶっちゃけそういう難しそうなのはどうでも良いんだわ。一応理屈は分かるし、ていうか善意のみで俺らを抱えてくれているとは思ってなかったしな」

「は？」

では何だというのか。

もしかしてこの先もし〝魔人〟になってしまった場合、自分達の保護か？

流石にソレは無理だ、いくら我々でも出来る事と出来ない事がある。

そんな事を考えながら冷や汗を流している私の肩に、キタヤマがポンッと掌を乗せる。

不味い、まさかこのまま私を――。

「何で南を巻き込んだ？」

彼の事を見上げてみれば、そこには額に青筋を立てた満面の笑みがあった。

「調べるなら俺らだけだって良かっただろ。なんで南まで巻き込んだ？　奴隷ならどうなっても良いって判断だったのか？」

ニコニコと笑いながらも、彼の掌はどんどんと強く握られていく。

指が食い込んでいく肩から、普段からは聞えない音が響いている気がする。

「ま、待ってくれ。これはどうしても必要な事だったんだ！　魔獣肉の調査もそうだが、君達の異質性を確かめる必要があってだな⁉　その為には我々にとって〝普通〟だと思える者が君達に同行する必要が――」

「だったらてめぇが来ればよかったじゃねぇか？」

「え？」

「聞こえなかったか？　お前が判断して、お前が始めた調査だろ？　だったらテメェがその身で魔獣の肉を食えば良いだろって言ってんだ」

「い、いや……それは……」

彼の顔から完全に笑みが消えた。

それ程までに、奴隷の彼女は大事にされているのだろう。

そして彼女を知らずに巻き込んでしまった事、あえて巻き込ませた私に対しての怒り。

それがありありと浮かんでいた。

「自分より身分が低い相手ならどうだっていいか？　なら、アイリさんならどうよ？　ホラ、命令しろよ。魔獣肉ならまだあるからさ、『お前は俺より身分が低いからモルモットになれ』って言葉にしてみろよ。出来るのか？」

彼がそう紡げば、奴隷の少女がマジックバッグから〝何か〟の肉を取り出した。

それは既に火が通してある、それどころか焼き立てなのではないかと思える程、香ばしい匂いと共に湯気を立てている。

これが、魔獣の肉？

そしてあのマジックバッグは、まさか時間停止機能が付いているのか？

本当に、彼らはいったい……。

「どうした？　奴隷なら良くて、他のウォーカーや職員じゃ怖くて出来ないのか？　〝死ぬかもしれないけど、食って俺の役に立て〟って命令は、出せないのか？」

驚く事の連続だが、こちらが落ち着くまで待ってくれるつもりはないらしい。

ズイッと勧められる肉を、思わず驚愕の表情で睨んでしまう。

コレを食べたら……私はいったいどうなってしまうのか。

彼らの傾向を見る限り、すぐに魔人に変化したりなどはしないだろう。

だとしても数年後、十数年後はどうだ？

魔獣肉を食べた事も忘れた頃に、鑑定で〝魔人〟なんて出て見ろ。

今日この日の事を、死ぬ程後悔するだろう。

だからこそ、口にする訳には……。

——クゥ。

室内に、可愛らしい腹の虫が鳴り響いた。

本当に小さな音ではあったものの、この室内で口を開いている者が居ないからこそ聞こえてきたソレ。

果たして何処から聞こえて来たのかと視線を彷徨わせてみれば。

「す、すみません……お昼がまだだったもので」

顔を赤くした、受付嬢のアイリが気まずそうに視線を逸らした。

そして何かを思いついた様な顔をした後、彼女は再びこちらに笑みを向けて来て。

「そうですね。皆さんを騙した謝罪の件もそうですが、ギルド側からも一人被験者を出した方が良いですよね。その方が皆さまギルドに不信感を抱かずに済みますし」

「アイリ⁉」

彼女の返事に、思わず驚愕の声を上げてしまった。

何を言っているんだろうか、そんな事許可出来る訳が——

「でも支部長、被験者はある程度数が居ないと明確な証拠になりませんよね？　しかも奴隷の女の子は獣人。こう言っては何ですが、人族にだけ無害という可能性もあるのでは？　まあ、今の所ミナミさんも皆様も大丈夫そうですけど」

「確かにそうだが……しかしっ！」

彼女はこのギルドにおいて重要人物だ。

正直に言うと、私なんかよりもずっと。

物理的に。

「では試してみましょう。幸い嫁ぎ先も見つからず、行き遅れな上に元ウォーカーで二つ名〝ゴリラ〟のモテない女ですし。だったら良いじゃないですか、確かに彼らの言い分通り、このままでは私達は悪役です。謝罪の意味も込めまして」

「い、いや。何を簡単に言っているんだ！　君は職員の中では最高レベル――」

「私自身正確な結果が出ていない噂話は信じない性格でして。それじゃ、いただきまーす」

制止も聞かず、彼女は皿の上に乗ったロース肉を口に放り込んだ。

そして、眼を見開いた。

「んっ⁉　なにこれ美味しい！　作り立てみたいな香ばしさがあるし、普通のお肉よりずっと味が濃い。脂身もプリプリだし……何より最初に口に含んだ時の旨味が暴力的。ちょっと味付けが雑な気がするけど、でもショウガが良く効いている上に醤油が良く染み込んでる……なにこれ！凄い！」

受付嬢なら絶対やらないだろう手掴み、というか指先で肉を摘まみ上げて口に放り込んだ彼女は、まるでレポートの様な言葉を紡ぎ始める。

一見演技というか、あえて言葉を紡いだ様にも見えるが……次から次へと肉を摘まんでいる様子から、全て本心なのだろう。

「はぁぁぁ……もう知らんぞ。数年後に〝魔人〟になっていても、文句を言うなよ？」

「どうせ結婚とか無理ですし、魔人になったら国の外で彼らに養って貰うから大丈夫でーす。更に言えば、こんな事をした私を受付に置いておく事も無いでしょう？」

「最後のが本音か……受付はそんなに嫌か」

「えぇそりゃもう。ストレスのオンパレードですよ」

よほど気に入ったのか、昔みたいな口調で次から次へと肉を口に放り込むアイリ。

もう、どうとでもなれ……。

「何か解決したみたいな雰囲気が出ているが、あえて聞かせて頂こう」

ドンッ！　とキタヤマが私のテーブルに足を乗せ、声を上げた。

当然だろう。

彼らが謝罪を求めたのは私にであって、アイリに対してではない。

アイリに命令しろなんて言ったのは本心ではなく、私に対しての脅し。

私にはソレを命令する事が出来ないと分かっていたからこそ、こちらにブラフを掛けて来た訳だ。

だからこそギルド支部長自ら、彼らと彼女に対して改めて頭を下げねばならない――。

「アイリさん、結婚諦めてるみたいな事言ってたけどマジで⁉　何⁉　何なのこの世界！　馬鹿なの⁉」

今日一番の大声が、支部長室の中に響き渡ったのであった。

※※※

ひと悶着あった後、支部長は南に対して頭を下げた。

当の本人は困り果てた様に首を横に振っていたが、まあ良しとしよう。

そんな南に対して。

「もう俺らと同じ食事は止めるか？　というか、俺らと行動する事自体強制じゃない。辛かったら自由に生きても良いんだぞ？」

なんて、気の利いたセリフを言ってみたつもりだったのだが。

まるで人生に絶望しましたと言わんばかりの表情を浮かべた彼女は。

「私は……もう必要ありませんか？　いらなければ捨てて頂いて結構です、所詮は奴隷ですから。でも、でも……」

秒で折れました。

そりゃもう、折れるしかないでしょう。

「えと、スマン。正直に言うと今南に抜けられると滅茶苦茶辛い。解体云々は当然の事、もうこの東西南北メンバーで気持ちが落ち着いちゃったと言いますか……」

「でしたらまだ、一緒に居ても良いですか？　私を必要としてくれますか？」

「お願いしますパーティ抜けないで下さい！」

瞳いっぱいに涙を溜めた南に対して、全力で土下座しましたとも。

そんな訳で、南は今後も俺らと行動する事が決まった。

そして何より驚いたのが「もう結婚諦める年齢です」みたいな事を言っていたアイリさんが二十三歳だったという事。

もっと若いと思っていた、と言ったら失礼なのかもしれないが。

でも見た目的に二十三歳には見えないのだ、普通に十代に見える。

そしてアイリさんも支部長も、何でも貴族様なんだとか。

兄弟も姉妹も居るから結構自由にさせて貰っているらしいが、貴族の中では二十三は既にオバサン認定されるのだという。

舐めてんのか貴族、ロリコンホイホイか？

などと顔を顰めていると、十五歳で成人なのだと教えられてしまった。

貴族の場合はもっと早い段階から婚約し、成人したと同時結婚するのも珍しくないとか。

あえて言おう、モゲろと。

あれ？　ていうか南も成人しているとか言ってたよな。

見た目的に幼いが、南も十五歳超えてんのか？

「アイリさんが言ってた二つ名って称号とは違うんですよね？　皆がそう呼び始めた、みたいな？　でも如何せんその二つ名はアイリさんに合ってない気がするけど……」

「あぁはい、そうですね。私の場合、昔身体強化の魔法で接近戦ばかりやっていたので、そんな風に呼ばれてました。あはは、女の魅力の欠片もないですよねぇ」

「そんな事無いですよ。魔法自体僕達に使えないんで物凄く興味あります。しかも接近戦で強いとか物凄く魅力的じゃないですか！　一緒に最前線とか、夢と希望とロマンの塊じゃないですか！」

「もう、お二人共。実際私の接近戦を視たら多分引きますよ？　やはり女は男の帰りを待つ方が一般的には美しいとされていますし」

西田と東、そしてアイリさんがそんな雑談を交わしながらお茶を飲んでいる。

いいな、俺もあっちに混ざりたい。

そんな事を考えながら視線を前に向ければ、険しい顔の支部長がこちらを睨む様にして座っている。

こっちはおっさんズトークの真っ最中だ。

隣に南が居るから、多少は男臭さが紛れてはいるが。

「この件に関して、改めて謝罪しよう。そしてこれからも協力して頂きたい。もちろん礼金は出す」

「いや、俺らは金が欲しい訳じゃ――――」

「ご主人様、武具の支払いが」

「支部長の謝罪を受け入れよう、それで礼金とはどれくらいの金額かね」

掌をコロコロするどころかドリルの様に回転させながら、支部長のお話を聞いていく。

なんでも俺らが普段食べている魔獣肉というのは、やはり一般的に問題があるらしく。

たとえ無害だと思われても「食べられますよー！」とすぐに出せるモノではないらしい。

やはり長年の調査が必要な上、問題ないと民間人に知らしめる必要がある。

その調査、もとい人体実験に協力してくれって話だ。

数年間、下手すれば数十年間食べ続け、俺達が魔人に変わらなかったという証明。

そして南の様な獣人や、トールの様なドワーフでも問題ないという〝調査結果〟が必要なのだという。

トールの場合は食わせる前にもう一度話をしよう。

後でこじれても困る。

会話を続けた結果、街に戻る度に〝鑑定〟を行い、その結果を国に報告する事の了承と、俺達の食べた魔獣のリストの提出。

それらを条件にして、多ければ月に金貨十数枚が支払われる事になった。

もちろん報告の質と鑑定の回数も加味され、数か月に一度しか帰ってこないとかになれば、支払は随分と少なくなるとも脅された。

それでも支払ってくれるのだ。どれだけ貴重な情報源になってしまったのだろう俺達。

提案された鑑定期間は一週間前後、もちろん山籠もりして戻ってくるのがベストだとか。

ある程度の期間、普通に（俺達流で）生活し、身体への影響とレベルに関しても観測したいとの事。

まあ本来は毎日データが欲しいが、それでは行動範囲が随分と狭くなるという意味合いもあるらしい。

詰まる話いろんな所に行って、いろんなモノを食ってこいってこった。

いやはや面倒なモノだ。

ちなみに報告は魔獣を研究している国の機関に送られ、そちらから報酬が支払われる。

まあなんにせよ俺達は今まで通り生活し、そして鑑定は無料で受けられ、多過ぎるお小遣いを国から支給される訳だ。

すんげぇ、異世界物語の主人公になった気分。

「いきなり食べた魔獣のレポートを作れと言われても、流石に困るだろう。なのでアイリを付ける。彼女なら君達の邪魔にはならんだろう、それに……もう君達と同種と言っても良いだろうしな」

「……マジで？」

「何か問題があるだろうか？」

問題があるかないかで言われれば、大ありだろう。

こんな事を言ったら南は怒るかもしれないが、俺達は南だからこそ〝色々〟我慢出来たのだ。

相手は守るべき対象、そして子供。

だからこそ、間違いなど犯してはならぬ。

だというのに、そこにダイナマイトボディを投下して見ろ。

毎日が辛いわ、血の涙を流しながら寝る羽目になるわ。

「えっと、何か……問題があるだろうか……？」

もう一度問いかけてくる支部長。

てめぇコラ、枯れてんのか。

なんて言いたくもなるが、隣に南が居るので何も言えない。

「いや、何も……何も、問題ない……」

「お、おう……だったらそんな殺気立った目で見ないでくれ……」

「ご主人様……」

何故か呆れたため息を溢されてしまった気がするが、今は気のせいだという事にしておこう。

こうなりゃ体力の限界まで狩りをして、色欲に負けないくらいに疲れてしまえばいい。

そうすりゃムラムラする暇もなく、一日が終われる筈だ。

よし、そうしよう。

アイツらもこの作戦で行くといえば、きっと間違いを犯す馬鹿は居ない筈だ。

「では、魔獣のレポートは彼女に任せるとして……君達のパーティはこれまで通りの生活をしてくれ。他のウォーカーから何か言われた場合は、職員の現地調査だとでも答えてくれれば問題ない」

なんか支部長がくっちゃべっているが、半分以上頭に入ってこない。

くそ、くそくそ！

こんな事なら、街に帰ってくる度に〝そっち系のお店〟に行くべきか？

しかしその場合南はどうする。

「俺らちょっとエッチな事してくれるお店に行くから留守番よろしく」とか？

馬鹿か、死ね。

教育上悪過ぎる上に、絶対次の日から目を合わせてくれなくなるだろうが。

どうすりゃいいんだコレ！

「お話を聞いている限り、私もパーティに参加する事になったみたいですね？　よろしくお願いいたします、リーダー」

そう言って、ソファーの後ろからアイリさんが俺の両肩に手を置いた。

やめて、勘違いしちゃうからやめて。

「こうちゃん！　今からアイリさんが身体強化見せてくれるってさ！　一緒に見に行こうぜ！」

「もしかしたら僕達にも魔力があれば出来るかもしれないんだって！　やってみようよ！」

西田と東が、ウキウキしながら声を掛けてくる。

いいなぁお前ら、楽しそうで。

もしも俺達に魔力があるのなら、最初に性欲低下とか覚えるべきだと思うんだ……。

そんな魔法、有るのかどうかも知らんけど。

なんて、疲れたため息を溢すのであった。

※※※

なんやかんや受付嬢のアイリさんがパーティに加わってしまい、彼女の実力を見る為に俺達はギルドの訓練場とやらに足を運んだ。

なんでもまっ平《たいら》で広くて何にもない場所だとか。

学校の校庭とかをイメージしたが、あんな所で訓練して何になるんだろう。

街中で襲われた場合の対人戦とかならまだしも、森の中では全く役に立たない気がするんだが。

などという無粋な感想を持ちながら足を運べば、そこには先客がいた。

「あら、今度のお祭りの練習中かしら」

「祭り？」

聞き返してみれば、アイリさんはウィンクしながら振り返って来た。

なんだか、最初の頃より随分雰囲気が軽くなって来たなぁ。

馴染んで来たって事なんだろうけど。

「ちょっとした見世物ですよ。ただのお祭りなんですけどね？　名の有る騎士やウォーカーなんかが、闘技場で捕らえて来たモンスターと戦うんです。市民にとっては刺激のある娯楽、騎士やウォーカーにとってはどれだけ優雅に魔獣を倒せるかっていう見世物です」

「あぁ、なるほど。だからあんなに転げまわってるんですね、納得です」

「ん？」

訓練場で戦っているのは四人組のパーティ。

一人が近接、残り三人は補佐？　という凄い組み合わせだが。

そして対するは我らが隣人王猪であった。

「せあぁっ！」

声からして、接近戦担当は女の子らしい。

後ろの三人はローブっぽいモノを着ているが……あれ獣の突進とか防げるのか？

普通の布っぽく見えるが。

いやまぁソコはファンタジー素材で鎧より硬いとか、そういうとんでも装備なのだろう。

「う～ん、〝魅せる〟ってのも大変だねぇ。やっぱ苦戦して何とか勝った、みたいにしなきゃいけないんでしょう？　見てるだけでもハラハラしますわ。え？　なんでソコで行かないの!?　みたいな」

「んんっ？」

「僕は皆とはちょっと動きが違うから何とも言えないけど。アレくらいなら捕まえちゃった方が早そうだよねぇ。魔獣相手に演技も必要って……凄い仕事ですね」

「んんんっ？　貴方達はさっきから何を言って――」

「アイリ様、ご主人様達にその様な疑問を抱いていては疲れますよ？　普段はアレよりもっと大きな猪を短時間で片付けますから」

「うん、ちょっと待ちましょうか。貴方達魔法使えないんですよね？　てっきり罠とかでどうにかしているのかと思ったんですけど、普段どうしてるんですか？　さっきから感想が色々おかしい気がするんですが」

なにやらアイリさんが困惑し始めたが、どの辺りがおかしいのだろうか。

確かに罠を使ったりもする事はあるが、全て原始的なモノだ。

手先が器用な訳では無いので、とんでもなく凶悪な罠とかは作れないし、そんな頭も無い。

ならば体を張るしかない、というのは当たり前だと思うのだが。

なんて事をしながら、訓練場の手前でくっちゃべっていると。

「そこの人達！　さっきから煩《うるさ》いですわよ！」

プリプリと怒った先程の近接役が、こちらに歩み寄って来た。

やべっ、騒がしくし過ぎたか。

気まずくなってポリポリと頬を掻いてみるものの、彼女の怒りは相当なご様子。

ちなみに猪は後ろの魔術師？　によって、透明な鎖でがんじがらめにされていた。

魔法ってすげぇ。

「何ですかさっきから！　私はコレでもCランクのウォーカーであり、騎士見習いの身です！

ブツブツブツブツと遠くから好き勝手言ってくれましたが、貴方達には単独で王猪を狩る技術があるとでも!?」

「え？　単独？　後ろの魔法使ってる方々は？」

「攻撃魔法を使えない者は魔術師を名乗れません、支援魔法のみの場合は単独討伐という記録になります。アレらはただのサポーターという扱い。そんな事も知らないのですか？」

小馬鹿にした様な口調の少女は、フフンッと鼻で笑う。

うっそん、マジか。

詰まる話、攻撃魔法が使えない限り彼らは脇役。

バフやデバフを山ほど掛けても、結局は魔獣の首を取った人の手柄になるのか？

南もウォーカーではなくサポーターとして登録されたが、そういう扱いなのか。

うん、そら身近にウォーカーの魔法使いが居ない訳だわ。

魔術師とやらを名乗れる人は、やっぱり優遇されているのだろう。

……とはいえ協力者がいるなら、その時点で単独討伐とは言わない気がするんだけど。

まあ突っ込むだけ野暮か。

「何か言ったらどうなんですか？　本人を目の前にしたら何も口に出来ない小物ですか？」

ブチ切れ状態の彼女は、こちらの態度が気に入らなかったのか兜を外して地面に叩きつけた。

そして中から現れたのは。

「うぉ、すげぇ美人」

「おぉ、こんな子が猪と戦うのか。すげぇ世界だな」

「金髪っていうか、プラチナゴールドっていうの？　凄く綺麗だね」

ふぁさ～と広がった金色の長い髪は、多分腰くらいまである。

兜の中でまとめてあったのだろうか？　女の子はやはり大変だ。

そして宝石みたいに輝いている青い瞳は、偉く目尻を吊り上げながらこちらを睨みつけていた。

あれだ、ツインテールとかにしたらツンデレキャラになりそうな見た目。

「そ、そういう事を聞いているのではありません！　さっきから何なんですか貴方達は！」

「ま、まぁまぁまぁ。すみませんエレオノーラ様、彼等は若干普通と戦い方が違う様でして。なので普通の戦闘というのが物珍しかっただけだと思いますから。どうかご容赦を」

「なによ！　人の事を普通普通って、どう見てもただの初心者ウォーカーじゃない……」

間に入ってくれたアイリさんが説得を始め、ブツブツと文句を言いながらも徐々に怒りの炎が沈静化されていっているご様子。

エレオノーラさんというのか、この子。

さっき騎士がどうとか言っていたし、名前もそれっぽいからこの子も貴族なのかな？

あんまり名前が長いと覚えられる気がしないのが厄介だ、この世界。

「フンッ、精々口の利き方には気を付ける事ね！　三下ルーキー達！」

アイリさんの交渉によりどうにか矛を収めた彼女は、そんな捨てセリフを吐いてから元の場所へと歩みを進め始める。

「あの～」

「何よ！」

「兜忘れてますよ？」

足元に転がっていた兜を拾い上げ、彼女に向かって差し出してみれば。

真っ赤な顔をしてズンズンとこちらに戻ってきた後、ひったくる様に俺の手から兜を受け取った。

「ありがと！　もうさっさと行きなさいよ！」

やっぱりこの子ツンデレかもしれん。

なんやかんやトラブルがあった為、結局アイリさんに身体強化とやらを見せて貰う事が出来なかった。

ならば現場で見せて貰えば良いという結論に落ち着き、俺達はその日を買い出しに使う事になった。

アイリさんはアイリさんで出発の準備を進めるらしく、明日の朝、門の前に集合。

それと同時に出発という約束を交わし、別れようとしたのだが……。

「ミナミちゃんを今日借りても良いですか？　見た所服と皮鎧は変わっていますけど、それ以外の備品が足りてない様に思えて」

何ともありがたいお言葉であった。

俺達三人では、この世界の女の子がどんなモノを必要としているのか全く想像が出来ない。

まあ向こうの世界でも女の子が常備しているモノとか全然分からんが。

どうぞどうぞと南を引き渡したが、当の本人は不満そうな顔をしながらアイリさんにドナドナされていく。

その姿を見送ってから、俺達も野営の買い出しを始めた。

主に必要なのはパンや少なくなった調味料の買い足し、あとは新しい調理器具なんかが欲しい。

ただでさえ肉料理が多いからな、バリエーションをそろそろ増やしたいのだ。

「やー今週も楽しみだな。お前ら何が食いたい？」

「そろそろ挽肉系も食いたいよなぁ。なんて言うんだっけ、肉の塊を挽肉にするやつ。アレとか売ってないかねぇ」

「あとはメンバーも増えたし食器も増やさないとね、あと寝床だけど……テントもう一つ増やす？　流石に狭いし、色々辛いでしょ」

そんな会話をしながら、俺達は市場を練り歩く。

今回は鎧や武器の心配をしなくて良いのがありがたい。

全部トールが用意してくれたのだが、結局は借り物なのでぶっ壊す訳にはいかない。

今まで以上に丁寧に使う事を意識しないと。

なんやかんやありながらも、こちらに来てからもう半月。

随分と慣れて来たんじゃないだろうか？

とはいえ気を抜いたら獣の餌になってしまいそうだが。

何はともあれ、明日からもまた野営が続くのだ。

しっかりと準備しておこう。

今一度気を引き締め直し、俺達は買い物を続けるのであった。

※※※

「ふんふんふん♪　フフフ、フン♪」

「何処かの車のＣＭで聞いた様な曲だね」

東から突っ込みを受けるが、今はそんな事どうでも良い。

先日アイリさんが仲間になった。

それだけで言うなら、嬉し恥ずかしモンモンしたりと言い様のない苦しみが待ち受けていた。

だが、結論から言おう。

彼女がパーティに入ってくれて本当によかった。

「便利だねぇ～、魔導コンロ」

「だよな、もういちいち飯の度に簡易かまどを作る必要ないって考えただけでもうね」

今目の前に有るのは魔導コンロ。

お近づきの印にと、なんとアイリさんが買ってくれた。

というかこんな物があった事自体驚きだが、野外でも普通にコンロが使えるのだ。

見た目は黒い板、しかし鍋だのフライパンだのを置くとたちまちＩＨヒーターの様に加熱し始める。

温度調節も可能、置いた調理器具の分だけ加熱部分が増える。

非常に便利だ。

直火で炙る様な料理以外は、コレで全て解決と言えよう。

「それに今回は何と言ってもお米があるのが嬉しいね。何作るの？」

「今回は試しだからな、ちゃんと炊けていればおにぎり。水っぽくなっちゃったら鰹節とかでダシをとって雑炊。逆に固かったらピラフモドキにする」

更に今回、主食が増えました。

市場で南が情報収集した結果見つけたという、〝コメ〟を取り扱っている店に突撃。

見せて貰ったところ、ちゃんと精米されているし、聞いた限りでは普段俺達が食っていた米と変わりない様だ。

何故流行らんとも思ったが、なんでもお貴族様の消費が激しく、庶民にはあまり回らないご様子。

市場に回したところで庶民からしたらなんじゃこれ？　ってなもんで、あんまり浸透していないらしい。

知っている人は知っているが、調理法まで知っている人は少ないとの事。

ならばとばかりに買い込めば、商人から「是非とも次からもウチで」と握手を交わしたほどだ。

しかもお値段がさほど高くない。

十キロ五千円くらいで買えるのだ、つまり半銀貨一枚。

まさに万々歳。

先日までかまどを作り、火を起こし、その数に合わせて調理していた原始人だった俺達が……今では四口コンロで調理している。

やべぇ、楽しい。

「こうちゃん山菜取って来たぜぇ」

「お待たせしました。今日は朝から大量です」

「薬草だけじゃなくて、こんなに食べられる山菜が……報告書が厚くなるわね……」

各々口にしながら、西田と南、そしてアイリさんが帰って来た。

ちなみに俺達の新しい鎧は凄く軽い。

本当に失敗作なの？　と疑うレベルに凄い。

そして南とアイリさんは皮鎧。

非常に動きやすそうではあるが、一方は皮鎧から溢れてしまいそうなモノを押し込めている為、非常に窮屈そうだ。

そんな事を言ったらセクハラになる上、南から白い眼を向けられそうなので言葉にはしないが。

「おっかえり～。こっちももうちょっとだ。ちゃんと水とブルーハーブで手を洗ってきなさいな」

「「はぁい」」

「ブルーハーブ？」

アイリさんは、終始俺達の会話に疑問を抱いているご様子だったが……まあ、その内慣れるだろう。

※※※

「はい、という訳でいただきます」

「「「いただきます」」」

「えと、いただきます?」

皆で手を合わせて朝食を頂く。

朝早くから出発した為、街で買ったモノでも良いのではないかと思ったが、せっかくなので作ってみた。

というか魔導コンロ……もうコンロでいいか。

ソイツを使ってみたくて朝食から作った。

「米、米だぁ……うめぇよぉ」

西田が涙を流しながら頬張っている塩むすび。

水加減を間違えなくて良かった。

一口食べてみれば、少しだけ振り過ぎたか?　なんて思う塩加減の懐かしい味。

しかしお米自体は何の問題もない。

むしろ炊飯ジャーではなく土鍋で炊いた為か、いつもより旨く感じる。

米を研いだ後、水の量は米の表面に手を置いて手首が浸かるか浸からない程度。

なんて、死んだ婆ちゃんから聞いた事があった。

コレばかりは個人差があるだろうと思っていたのだが、あながち間違ってはいなかったらしい。

最初からちゃんとご飯が炊けたのは非常にありがたい、婆ちゃんに感謝だ。

「味噌汁……旨い。ホッとするよ。調味料が豊富なのが、すんごい助かるよね」

東が仏の様な顔をして啜っている味噌汁。

コイツの材料も市場で仕入れた。

この世界、醤油だけに留まらず様々な調味料が普通に売っているのだ。

前にも言ったが、みりん、料理酒、砂糖、塩。

そしてカレー粉やマヨネーズ、味噌だって当然の様に売られていた。

助かる、非常に助かる。

街に居る時に料理が美味しいと感じる理由はこれかと、思わず納得してしまった。

日本人とは舌が肥えている上に、世界中で見ても最もお腹の弱い人種と言って良いだろう。

そんな俺達が異世界に来ても普通に食べていられるのは、多分この多彩な調味料のお陰だ。

最初の一週間で言えば、各種ハーブのお陰だが。

「このスープ、非常に深い味がしますね……とっても美味しいです」

「お、分かるか南。今日は鰹節でダシを取ってみた。今度はまた違うモノでやってみるから、楽しみにしておけよ？」

「はい！」

本日の味噌汁は鰹節でダシを取り、大根と葱、そして前回討伐した人食い魚の肉を少量入れてみた。

溶いた味噌は市場で買って来たものだが、味見をした感じでは〝合わせ味噌〟っていうか。

俺は普段『ダシ入り！　合わせ味噌！』みたいな銘柄を使っていたのだが、それと非常によく似た味わいだったのでコレを即買いした。

なのであまり失敗するとは考えていなかったが、予想以上に人食い魚の身が良い味を出している。

人によってはくどいと感じてしまう味かもしれないが、今度はもっとあっさりな味噌汁を作って感想を聞いてみよう。

「なんでこんな料理が野外で……コレ、卵焼きよね？　それに魚の塩焼きに、何かの生姜焼き。更には……なにこれ？　ねばねばしてるのと、酸っぱい匂い」

「あ、卵焼きは青い鶏っぽい奴の卵で、魚は人食いの……えーっと」

「ピラークです」

「そうそうピラーク、さんきゅ南。そんで肉は王猪ですね、一番余ってますから。あとは市場で仕入れた納豆と漬物。最後の二つは米を仕入れた人から買ったんですけど、馴染みないですか？」

以前唐揚げにしたが横やりが入った青い鳥。

奴らは見た目が鶏なだけあって、非常に良質な卵を毎日産む。

コレはアレ以降の探索で分かった事だが、あの青い鶏はお肉も卵も一級品なのだ。

そんな事もあって、青い鳥と、トリュフを捜してくれる豚に関しては、あまり狩っていない。

あまり、だが。

むしろ彼等を助ける様に立ち回り、鶏からは卵を、豚からはキノコを頂いている。

彼等からしたら迷惑な話だろうが、守る代わりに食材を頂いているのである。

「食べた事が無いですね……という訳でまずは卵から……」

「どうぞどうぞ」

軽くお勧めしてみるが、絶句するがいいさ。

なんたって青鶏の卵はヤバイくらいに旨い。

海外の映画俳優が卵をジョッキに入れて飲み込んでいる様なシーン、アレを見て「いやぁ、ちょっとなぁ……」と思っていた俺でさえ、普通に飲めてしまう程だ。

それくらいに旨い。

臭みは少なく、味が濃い。

そして何と言っても色鮮やか。

そんな卵を溶いて焼いた上に、市場で購入したチーズを乗せた。

更にそいつらを包み、クルクルと閉じたモノが朝食に並んでいる。

旨くない筈がない、今度はシソとか入れて見たい。

「っ！　……は？　はっ⁉」

「どっすか？」

「駄目、コレ以外の卵焼き食べられなくなりそう……」

大収穫だ。

貴族育ちのアイリさんの舌を満足させられたという事は、トール達にも十分通用するという事だろう。

だったら、自信をもってフルコースを作ってやろうではないか。

その後もピラークの塩焼きや王猪の生姜焼きを食べてフルフルと震えつつ、最後には納豆と漬物も食べて「まだ違和感があるけど……でも悪くない！」という感想を頂けた。

うむ、上々ではなかろうか。

残るメンバーは、もはや言う事なし。

西田から「納豆の時はどんぶり飯で……」という要望が出たくらいなもので、各々満足した表情を浮かべていた。

「さて、皆の衆。腹ごなしついでにひと仕事じゃ」

「お、今週も行くかい？」

「いいね、やっぱり〝アレ〟がないと」

声を上げれば、西田と東はすぐに立ち上がる。

もはや何がしたいのか分かっているらしい。

「えっと、もしかして手懐《てなず》けるアレですか？　了解しました、容器を準備しておきます」

「え？　何、何か怖いんだけど。アレって何、アレって」

南が続いて立ち上がり、アイリさんが困惑しながらも釣られて腰を上げた。

今はまだ朝と言って良い時間、日が昇り始めてそこまでは経ってはいない。

ならば、〝ヤツら〟も活動し始めた頃だろうさ。

「では行こうか！　乳しぼりへ！」

「「おぉー！」」

「……はい？」

そんな訳で、今日も俺らは歩き出した。

好き放題に自由気ままなサバイバル生活を楽しむ為に。

本来なら生きていく為に、というところなんだろうが、俺達にそこまでの悲壮感はない。

だとすれば〝楽しく生きる為に〟というのが、一番正しい言葉選びなのだろう。

俺達はかなり順応してきた、この世界に。

狩って、食って、生きる。

そんな生物的本能のみを前面に押し出した生活。

〝向こう側〟では絶対に出来なかった生活に、俺達は染まって来ていた。

だからこそ、俺達は今日も殺す。

食べる為に殺し、生きる為に足を動かす。

それが、この世界における掟なのだから。

※※※

なんかもう、既に駄目になりそうです。

そんな感想が出て来てしまいそうな程美味しいご飯を味わってしまった。

魔獣……美味しかったなぁ。普通ならあり得ないそんなセリフが思わず零れてしまう。

何、ピラークってあんなに美味しいの？　見た目は普通の焼き魚だというのに、旨味が段違いなのだ。

それに、ちょっとお高いお店にでも行かないと出てこないコメを豪快に使っているのも驚きだった。

〝異世界〟から伝わったとされる数々の食材や調味料。

その内の一つ、育てるのが大変でどうしても貴族向けになってしまうと言われている米。

そもそも生産者が少なく、どうしたってお金を持っている人が買い占めてしまう。

その余りを市場に流すと聞いた事はあるが……手に入れるには商人に気に入られる必要があった筈だ。

彼等はソレをクリアしたという事なのだろう。

そして、調味料。

味噌や醤油といった調味料は数多く市場に並んでいる。

これも異世界からの技術と言われているが、その幅広い活用方法に着目した商人達は、一斉にそう言った調味料製作に取り掛かった。

だからこそ庶民でも手に入る価格や数を揃える事に成功している訳だが……彼らほど〝自然に〟料理に馴染ませる人間は、余りいない。

そこいらの安いレストランに行っても「あぁ、味噌や醤油を使っているな」と分かるくらい濃い味付けだったりするのだ。

だというのに……コレはいったいなんだ。

そして最後に、野菜だ。

非常に美味、野菜単品でも食事が進みそうなソレ。

何でも魔獣が育てた野菜らしい！　とか嬉しそうに話していたが……オイ。

これってかなり森の奥に進まないと獲れないからね？

そんなお手軽に獲れるモノだったら、誰でも獲りに来るからね？

思わず呆れたため息が漏れてしまうくらい、彼らの常識は崩壊していたと言って良い。

主に、食事と食材に関して。

もはやこれだけでもお腹いっぱいな出来事だというのに、〝腹ごなし〟とやらに向かった先で、更に意味の分からない光景を目にする事になった。

「どぉっせぇい！」

良く分からない掛け声と共に、リーダーのキタヤマさんが槍を一突き。

たったそれだけ、その一撃で勝負が決まった。

目の前にはホーンバイソンの群れ。

牛の変異種で、場所によってはキャゥとかビィフとか言われている魔獣。

こちらの地域では通称〝モーモー〟と呼ばれる。

白黒まだらで、バイソンと言うよりかは普通の牛に近いが、体がとにかく大きく雄は角が長い。

そんなモーモーの群れに遭遇した時は、正直〝終わった〟と諦めかけた。

一斉に突進されれば、私達などミンチになるまで轢かれ続けるだろう。

そう思っていたのに。

「モォォォォォ！」

見つけて早々リーダーが良く分からない鳴き声を上げれば、何故かこちらに歩み寄ってくるのは一匹だけ。

しかも一番強そうな個体が、蹄《ひづめ》を鳴らしながら鼻息荒く迫ってくるではないか。

そして。

「てめぇがボスか……勝負だ」

そんなセリフと共に始まる一騎打ち。

モーモーが物凄い勢いで突進してきたかと思えば、彼はギリギリ角の当たらない位置まで避けてから全力で槍を放った。

もはや見事という他ない。

通り過ぎた牛は膝を折り、立ち上がる事さえ出来ずその命を落としたのだ。

しかし〝狩り〟であれば全員で掛かれば良い筈、何故こんな真似を……なんて思ったのもつかの間、答えは目の前に広がっていた。

「な、何これ……」

「えと、私もこの前知ったのですが。モーモーは一対一で群れの長に勝ったものを認める習性があるらしく……詰まる話は今北山様がこの群れのボスになっている状況です。群れを置いて離れればすぐ次の長を決めて行動を始めるみたいですが、まぁ何がしたかったかというと……」

目の前には一列に並ぶ十数匹のモーモー。

どれも角が短い気がする。

これって……。

「乳搾りじゃー！」

ミルクタンクを担いだアズマさんとニシダさんが、目の前の牛に向かって走り、ひたすらに乳を搾り始める。

あぁ、なるほど。

目の前に有る行列は、長に対して乳牛が乳を献上しているのか。

なるほどじゃないよ、なんだこれ。

そして背後では先程キタヤマさんが倒した雄牛を、ミナミちゃんがマジックバッグで回収してるし。

「えっと、流石に彼らの目の前で解体すると逃げるので、あとで捌きます。美味しいですよ？」

彼女もまた、色々染まっていた。

魔獣の乳を搾る二人に、魔獣の死体を食べる為に回収する奴隷。

そして並ぶモーモーの前で、偉そうに座っているリーダー。

「あ、サボってる訳じゃないですよ？　こうしてないと、牛の統率が取れなくって」

だ、そうだ。

王者は君臨せしめるって所なのだろうか。

とにかく、一時的にウチのリーダーは魔獣を従えている訳だ。

コレも報告書に書いておかないと……魔獣の習性と、周囲の山菜、それから食べた物と。

なんだろう、受付をやっていた時より忙しい気がする。

新しい発見が多い事は喜ばしいが、その全てを私が報告しないといけないのが辛い。

せめてもう二～三人欲しい。

そんな事を考えながら眼の前の光景を眺めていると。

「アイリ様、サボってないで貯まったミルクタンクを仕舞うの、手伝って下さい」

「あ、うん。はい、手伝います」

何か、奴隷少女に怒られてしまった。

問題の三人は当然の物として、この奴隷少女でさえ森に入ってからの方がイキイキしている気がするのは……果たして私の気のせいなのだろうか？

※※※

「……フッ！」

短い掛け声と共に、アイリさんが狼に拳を叩き込んでいる。

異常なほど軽いフットワークで走り回り、見た目と一致しない重い一撃で自分と同じ様な大きさの獣を吹き飛ばしていた。

「何度見てもすげぇよなぁ……〝身体強化〟」

「あのガントレットも格好良いよな。でもすげぇ高そう」

「あれだけ動き回れたら楽しそうだよねぇ」

説明を受けた所、アイリさんが使っている〝身体強化〟は魔法。

基本的に適性と魔力が有れば、誰でも使える様になるらしい。

両方ともあれば、だが。

とはいえ魔力があるかどうかを調べるのは、ギルドの鑑定では行えないらしく、専門の部署？　場所？　へ行かないと調べてくれないそうだ。

今度街に戻ったら行ってみよう、魔法とか使ってみたいし。

まあそんな事を考えながら、アイリさんも加わった事によりだいぶ楽に狩りを進めていた。

ちょっと調子に乗り過ぎて、解体が追い付かなくなる事もしばしば。

マジックバッグがあるので腐りはしないが、如何せんコレはよろしくない。

帰るまでに解体が終わらなければ、ギルドの解体場にお願いしよう。

肉を無駄にする訳にはいかない。

「やぁ～久しぶりに暴れた暴れた。最近肩こり酷かったから、たまには全力で動かないとねぇ」

肩をぐりんぐりんと回しながら、討伐を終えたアイリさんが帰ってくる。

肩こりは多分違う要因です、とかは口が裂けても言えない。

「お疲れ様でしたアイリさん。良い動きでしたね」

声を掛けながら水筒を差し出せば、腰に手を当てて豪快に飲み干していく。

お風呂上がりの牛乳でも飲んでいるかの様な良い飲みっぷり。

うん、見ていて気持ちが良いね。

彼女がパーティに加わってから、もう三日が過ぎた。

本人も山暮らしに慣れ始めたのか、それとも俺達に慣れ始めたのか、随分と距離が縮まった気がする。

最初の頃は受付の時と同じ雰囲気や喋り方だったが、もう今ではだいぶフランクな話し方に変わっていた。

元ウォーカーだと言っていたが、昔の彼女はこうだったのかもしれない。

「あ、キタヤマさん。今私の事女っぽくないって思いました？」

アイリさんを観察していた事がバレ、しかも変な方向に勘違いさせてしまったらしい。

少しだけ頬を赤らめながら、やや頬を膨らませている。

あらやだ可愛い。

「そんな事思ってませんよ。良い飲みっぷりだと思っただけです、アレだけ動けば喉も渇きますからね」

「ソレはソレで何か……というか、いい加減ソレ止めません？」

「それ、と言いますと？」

はて？　と首を傾げてみれば、アイリさんは「はぁ」と短いため息を溢しながらズビシッと人差指を向けて来た。

「敬語ですよ敬語。今は受付とウォーカーって関係でも無いんですから、私だけ敬語で話されると距離を感じちゃいます」

「あぁ～なるほど、確かにパーティ内で堅苦しいのもアレですもんねぇ」

俺達の話を聞いていたのか、鍋の様子を見ていた西田が同意してくる。

とはいえ、アイリさんも未だに敬語な訳だが……良いんだろうか？

なんて思っていたらどうやら顔に出たらしい、俺が何かを言う前にアイリさんが再び口を開いた。

「私はもう癖と言いますか、これでも受付仕事が長かったですから。でも、結構崩して喋ってるんですよ？　普段ならもうちょっとキチッと喋ってます」

ドヤッと言いたげな様子で大きな胸を張っている。

俺の感覚の中では同じ職場の女の子と喋っている気分だったので、あまり気にしていなかったが、言われて見れば確かに。

他のメンバーにはかなり砕けた言葉で喋っているのに対し、アイリさんだけは他人行儀過ぎたのかもしれない。

別に拘りがある訳では無いので、普通に喋ろうか。

「分かった、でも荒っぽい言葉が不快に感じたらいつでも言ってくれ。喋る分にはどっちでも平気な人だから、俺達」

「だな、そんじゃ改めてよろしく」

「よろしくねーアイリさん」

各々改めて挨拶してみれば、彼女は「ふ～む」と可愛い声を上げながら首を傾げた。

やはり何か思うところでもあったのだろうか？

「別に呼び捨てでも良いんですよ？」

「「それはちょっとハードルが高い」」

「意外とウブなんですねぇ」

なんて事を話していると、倒した魔獣の回収を終えた南が帰ってきたらしく、不思議そうに首を傾げていた。

いかん、話に夢中になって南一人にやらせてしまった。

すまん、と謝ってみれば「私の仕事ですから」と良い笑顔で返されてしまう始末。

こっちの世界の子は働き者過ぎていかんな。

もうちょっと遊びを教えてやらにゃ。

まあそれはともかくとして。

「ちなみに南も敬語とか使わなくて良いんだぞ？　あと〝様〟も付けなくて良いし」

「私は奴隷で皆さんはご主人様なので、お断り申し上げます」

そっけなくお断りされてしまった。

※※※

それからしばらく平和な生活が続いた。

急いで食料を調達する必要もないので、大抵は薬草や山菜の採取。

のんびりとスローライフってのは、きっとこういう事を言うのだろう。

そして今日も、新種に出会った。

「ピギャアアァァァ！」

「うわ、うっさ……」

珍しい草が生えていたのでとりあえず引っこ抜いてみると、その先から変な生物が出て来た。

真っ白い大ぶりの大根に見えるが、手足の様に大根が枝分かれしており、更には目と口と思われる穴。

そしてこの絶叫。

なんだろうコイツは？　大根お化け？

「こうちゃん今の悲鳴――って、うわっ何ソイツ⁉　キモ！」

「北君無事⁉　……キッショ！」

駆けつけた友人達に暴言を吐かれた。

大丈夫、俺に言った訳じゃない。

ソレが分かっているのに、面と向かって言われると些か心に来るモノがあるが。

「ご主人様、またおかしなものを捕まえて……」

「また珍しいものを。もしかしてコレも食べるんですか？」

遅れてやってきた二人も妙な反応をしていたが、アイリさんだけはコイツの正体を知って居るらしい。

頭の葉を掴んで持ち上げている動く大根。

手足の様な身というか、根っこを腕に絡めてきてキモいんだが。

非常に元気にウネウネされておられる。

「アイリさん、コレ知ってんの？」

「えぇ、マンドレイクっていう魔獣ですね。かなり珍しいんですよ？　何でもその身は万能薬の元になると言われていて、そこら中に野菜を植えて回る不思議な魔獣です」

「あ、山で採れる野菜ってコイツが原因なのか」

そこら中に生えている山野菜の原因見つけたり。

というかマンドレイクって言うのか、俺らの知って居るマンドラゴラってヤツと一緒だよな？

だとしたら引っこ抜いた時の悲鳴を聞いて死んじゃったりするのだろうか？

いや現に俺生きてるし、多分大丈夫なのだろう。

「で、食べるんですか？」

なかなか狩人色に染まって来たアイリさんが、ワクワクした様子でマンドレイクを突いている。

その指にも根っこを絡めている訳だが、気持ち悪くないのだろうか。

まあそれは良いとして、確かにちょっと食べてみたい。

そして万能薬の元になるのなら、多分売ったら良い値がつくのだろう。

だがしかし。

「コイツって珍しいって言ったよな……よし、解放」

「えぇっ、そんな!?」

そんなに食べたかったのか、大根。

そう思わない事も無いが、今後の事も考えると興味本位で食べるべきではない気がする。

「コイツが居なくなった事で、山野菜が取れなくなると困るからな。ホラ行け大根丸、それとも埋めた方が良いのか？」

ペイッと地面に投げてみれば、シュタッと綺麗に着地し二本足？　を器用に使って全力疾走を始めた大根丸。

　速い事速い事、俺や東じゃ多分追い付かないだろう。

西田でギリ、身体強化を使ったアイリさんでも何とかってところか？

それくらいに速い。

あと追ってもいないのにチョロチョロと動き回って、かく乱しようとしてやがる。

小癪な奴め。

「あぁ、勿体ない……食べないとしても高く売れるのに」

「今後山野菜食えなくなっても良いのか？　珍しいって言うくらいなら何匹もいる訳じゃないんだろ？」

「うぅぅ……確かにそうですけど」

どうやら俺の意見も間違っていないらしく、アイリさんは悔しそうに唇を尖らせながら諦めてくれた。

環境破壊云々とか、そういう御大層な事を思っている訳じゃないが、単純に今後野菜が取れなくなるのは困る。

むしろ適当に野菜を植えまくっているアイツの方が環境破壊しているのかもしれないが、そこら辺は知らん。

実際俺らは助かっている訳だし。

さらば大根丸、達者でな。

「さて、そんじゃ今日の探索はこの辺りで切り上げるか。そろそろ昼飯に――」

仕切り直そうとしたその時。

一匹の鳥が、こちらに向かって急降下してくる姿が視界の端に映り込んだ。

突撃してくる勢いで接近してきた為、思わず掴みとってしまった。

非常に小さい、鳩より小さな白い鳥。

また新種か？　なんて思って覗き込んでみると。

鳥の足首には何やら折りたたんだ紙が括りつけられている。

「あぁっ！　キタヤマさん、ソレ食べちゃダメですからね！」

何か凄い勢いでアイリさんにひったくられてしまった。

俺をいったい何だと思っているのか……なんでもかんでも食べる訳じゃないよ。

小さいし肉無さそうだし、食べるならもっと育ててから食べるよ。

「ご主人様、アレは手紙を届ける為に教育された鳥です。確か正式名称は〝ディアバード〟と言った筈。伝書鳩と違って、建物ではなく個人に向けて手紙を出せるほど優秀です。多分アイリ様専用の鳥なのではないかと」

「便利なモンだなぁ」

南の説明に「ほほぉー」と感心しながら、俺達はアイリさんからの反応を待つ。

見たところ、やはり何かしらの連絡が届いたらしく、手紙を開いて難しい顔をしている。

まさかこの状態で「彼氏からの連絡ですか？」とか茶化せそうな空気も無し。

もうしばらく待つかぁ、と皆して腰を下ろした瞬間。

「キタヤマ様、ただいまギルドからの指示書が届きました。とある緊急事態の対処として、当ギルドは貴方達〝悪食〟のパーティを推薦する事に決定致しました。もちろん内容と報酬の確認を行ってから判断して頂いて構いません。ですが何分急ぎの依頼の為、いち早く帰還して欲しい、との事です」

なんだか久しぶりに聞いたアイリさんの受付嬢モードの口調。

今の恰好も相まって、違和感がヤバイ。

失礼なのは分かっているんだが、若干鳥肌が立ったくらいだ。

「あの、流石にそこまで露骨に引かれると傷付くのですが……」

「であれば、いつものアイリさんに戻って……」

はぁ、とため息を一つ溢してから、彼女はいつも通りの笑顔に戻った。

「それでは改めまして、ウチのポンコツ支部長じゃ手に負えない件が発生したので手伝ってくれません？　報酬に関しては、私の方からも口添えしてぶん取りますから。如何でしょう？」

という事で、俺達は一旦全員の顔を見回した。

明らかに面倒くさそうな案件、そして緊急というからには色々大変な事が待っているのだろう。

今の様なスローライフ的な生活ではなく、もっと血生臭い事案かもしれない。

「一つ聞くけどさ、ソレを拒否した場合アイリさんは困るんかい？」

「まぁ……そうですね。これでも一応ギルド職員ですので」

なら決まりだ。

仲間達も全員が頷いてくれた訳だし。

「ＯＫ、そんじゃ撤収だお前ら！　四十秒で支度しな！」

「『既に準備完了だぜ！』」

「全てマジックバックに入っております、すぐ戻れます」

どうやら四十秒もいらなかったらしい。

なんとも頼もしい限りだ。

「それでさ、アイリさんや」

「なんでしょう？」

「パーティ名〝悪食〟ってのは……いったいなんじゃい」

「ぴったりでしょう？　あははははは……すみません。登録されてなかったんで、仮名として私が勝手につけちゃいました」

それから数秒後、俺達は街に戻る為に全力で走った。

山を駆け、川を飛び越え、崖を下りる。

とにかく最短距離で目的地を目指しながら、俺達は走った。

結果、数日掛けて歩いて来た道のりを大幅に短縮し、その日の内に街に到着する事が出来たのであった。

今度から行きもこのルートを使おう。

【第六章】★異世界らしい依頼

街に戻って早々、俺達はウォーカーギルドへと向かった。

時刻は既に夕方に差し掛かり、人もまばらになって来た頃ではあったが、話だけでも先に聞いておいた方が良いだろう。

そんな訳で、揃いも揃って支部長室に顔を出したのだが。

「納得できませんわ！　何故私だけ先行する事が認められませんの!?　遅れてくる連中なんて後から寄越せば良いではありませんか！」

扉を開けた瞬間怒号が聞こえて来たので、とりあえず閉めた。

どうやらお取込み中だった様だ。

その際疲れ切った支部長の顔がこちらを向いた気がしたが、知らん。

「帰るか、森に」

「だな」

「だね」

「いやいやいや、違うでしょ」

「せめて帰るなら宿にして下さい……」

各々感想を述べた次の瞬間、目の前の扉が勢いよく開かれた。

そして、目尻を吊り上げた金髪女子がこちらを睨んでいるのだが……何故だろうか。

「遅い！」

何かいきなり怒られたんだが、この子はいったい。

いや、ちょっと待て多分前に会っているぞ。

どっかで見た事がある、このプラチナゴールドの髪の毛。

そんで青い瞳。

確かちょっとだけ会話をした様な……。

「あっ、兜忘れた人」

「その覚え方止めなさい！」

扉の先から顔を見せたこの人物。

確か一週間前にギルドの訓練所とやらで遭遇した、ツンデレさんだった気がする。

「随分と早かったな……近くに居たのか？」

「まぁうん、そんなとこ」

とにかく話をという事で、一旦支部長室の中に入った俺達は簡単な挨拶だけを交わして壁際に並んだ。

室内に居るのは支部長と俺達を除けば八人。

四人ずつに分かれて固まっている所から、それぞれの別のパーティなのだろう。

如何せん人が多くて、広い支部長室でも窮屈に感じる。

今回の案件はこんなに人手が要る様な内容なのか？

さっきのツンデレさんだけならまだしも、もう一つのパーティは随分強そうに見えるんだが。

「全員集まったなら、もう行ってよろしいですわね？」

「待て待て、まだ彼らに依頼内容を伝えていない。しかも帰って来たばかりの人間を遠征に向かわせる気か？」

「だからルーキーなど必要ないと言っているのです！　そもそも私だけでもこんな依頼――」

支部長に対して思いっきり噛みついている金髪さん。

こりゃ話が進みそうもないな……。

未だにギャーギャーと騒いでいる二人を横目に、もう一つのパーティの方へと歩み寄った。

「初めまして、〝悪食〟……っていうパーティの北山と申します。もし依頼内容をご存じでしたら、教えて頂いてもよろしいですか？」

多分この人がリーダーやろって雰囲気の大男に声を掛けてみた。

更に言えばデカくて武骨で大雑把な剣を背負っている。

きっとパーティ〝狂戦士〟とかいう名前なんだろう。

そうに違いない。

見た目からして青年漫画の主人公だ。

「驚いた、ウォーカー同士でこんな丁寧な挨拶されたのは久しぶりだ」

彼はごっつい装備の強面な割に、驚きの表情で眼を見開いていた。

そんなに驚かれる事なのだろうか……やっぱりウォーカーは荒くれものの雰囲気を出さないと駄目か？

おう、俺は北山ってんだ！　よろしくな！　みたいな？

自分が言っている姿を想像するだけで寒気がするわ、小物臭が凄いわ。

「悪い悪い、俺みたいなのに普通に声掛けてくる奴も珍しくてな。俺はカイルってんだ。一応パーティのリーダーをやっている。パーティ名は……その、〝戦風《せんぷう》〟……だ」

何処か恥ずかしそうに呟いてそっぽを向く彼にシンパシー。

もしかしなくても、これは同類なんじゃなかろうか。

「ちなみに、パーティ名ってもしかして……勝手に決められました？　ギルドに」

コソッと小声で耳打ちすれば、彼は再び目を見開いた。

それはもう「まさかっ!?」と言いそうな程、先程とは違う意味の驚きを浮かべている様子だった。

「ウチはメンバーの奴と職員が悪乗りして、勝手にな。まさかお前ん所も？　悪食」

「こっちは仮メンバーに入っているギルド職員が……。まさかこんな所で同じ境遇の人に出会えるとは思えませんでした、戦風」

もはや完全に内緒話の態勢に入り、二人して部屋の隅に蹲っていた。

大の男が隅っこでヒソヒソしているのは非常におかしな光景だろうが、コレばかりは仕方がない。

だって名乗るの恥ずかしいもん。

ソレを共感できる人を見つけてしまったのだ、仲良くするしかあるまい。

「『同士よ！』」と固い握手を結び、その後俺達のパーティメンバーと彼らを集める。

「今回の依頼についてだが、分かりやすく言えば救出任務だ。しかも遠征ときてる。行きだけでも馬車で三日は掛かる場所、しかも救出対象は大物の貴族のご令嬢。本来こういうのは騎士やら衛兵の仕事だが……今回は急ぎの為、同時にウォーカーにも頼ったんだってよ。国の勢力ってのは動かすのに時間が掛かるからな」

ぶっきらぼうだが、要点を抑えて説明してくれるカイルさん。

非常にありがたい、異世界初心者の俺達にも分かりやすい説明だ。

未だに口論を続けているポンコツとツンデレとは大違いだよ。

「襲われたその日に〝鳥〟を飛ばして、俺らと騎士様やらに依頼したらしいが……正直時間の問題だ。そこの大貴族様とやらは魔法に長けた才能を持っていてな、代わるがわる障壁でも張って閉じこもってくれてりゃ、最長四日程度は持つだろう」

「ちなみに何故四日と？　何か詳細情報があるんですか？」

簡単な質問を口にしたが、カイルさんは苦い顔をして首を横に振った。

「あくまで最良の場合、だ。貴族共は保存食でも味の良い物を選ぶ、しかしそれは一週間かそこらしか持たない。元々出た街から二日程度の場所、そして襲われてから今現状を考えるとそんなところって訳だ。そもそも依頼内容が〝お嬢様が攫われたから助けに行く、支援を〟って内容だったらしい。早い話荷物が全部無事、ソイツらがお嬢様とやらを無事に救出できて、尚且つ立て籠っているという状態を考えて……四日だ。正直全部手遅れになっていてもおかしくない」

「あまりにも希望的観測な気がしますけど……そもそもお嬢様とやらが救出できていたのであれば、当人達だけで帰ってくるんじゃないですか？」

疑問だが、助け出せる実力者が居るのならウォーカーの出番など無いのでは？

と思ってしまう訳だが、それについても首を横に振って否定されてしまった。

この人は随分とよく首を横に振るな。

「それなら救助不要の伝達が再び〝鳥〟を通して入る筈なんだ。もし鳥が死んじまった場合でも、いくらでも手段がある。一人だけ馬に乗って連絡を寄越すとかな？　だが今のところソレもない、詰まる話〝鳥〟さえも飛ばせない状況か、もしくは未だに救助できていないか。または全員死んじまっているか、だ。その場合は遺品の回収が俺らの仕事になる」

こちら側の常識というか、そういうのが未だに把握しきれていないので何とも言えないが……やはり随分と不便な様だ。

さっきの話でも、例えば救出は成功していても馬と鳥が死んでしまった場合は？

逆にその他は無事でも、お嬢様とやらが犠牲になっていた場合は？

むしろ人間だけは全員無事で、徒歩でこちらに向かっている可能性は？

そんな様々な妄想が膨らむが、どれも確かめる術は無い。

こちらには便利なスマホやら何やらは無いのだから、それも当然の事だろう。

とはいえやはり気になるのが、攫った相手の事。

そもそも攫ったって何だよ、山賊か何かか？

魔獣の類に攫われたなら、仲間が上手い事やらない限り今頃骨も残っていないだろうし。

「内容は分かりました。それで、今回の相手は何なんですか？　それによって随分対処が変わってくるのですが」

そう呟けば、仲間達も深刻な顔で頷いている。

それに対して、カイルさんが呟いたその名前は。

「ゴブリンだ」

「ゴブリンっすか……」

なんだか、こっちに来てから初めて〝異世界らしいクエスト〟受けた気がする。

※※※

結果的にその日の内に出発する流れとなり、俺達はギルドに貸して貰った馬車へと乗り込んだ。

御者はアイリさんが出来るという事でお願いし、俺らは荷台へと乗り込み出発する流れとなった訳だが。

「尻が痛ぇ……」

「毛皮敷こうぜ毛皮、このままじゃ尻が割れる……」

「ソレが良いかもね……何枚か重ねようか」

「準備しますね。アイリ様もお使いになられますか？」

「ありがと、助かるわ」

御者をするアイリさんにも声を掛けた後、次々と取り出される毛皮達。

コレで少しはマシになるか……なんて考えた矢先、馬車が停止した。

何かあったのか⁉　とばかりに全員外に飛び出してみれば。

「今日はココで野営しましょう。もう暗くなります」

同じく馬車を降りて、カイルに説明している金髪ツインテールが。

その髪型も可愛いね、とか思っている場合じゃないわな。

まさかこんな明るい内から野営の準備に入るつもりか？

空は茜色に染まっているが、まだまだ動ける時間だろうに。

こんなんじゃ到着するまでどれ程の時間が掛かるか分かったもんじゃないぞ。

「オイ、まさかこんな時間から足を止めるのか？　川沿いの道を進むだけだろ？」

そう声を掛けながら近づいてみれば、思いっきり顔を顰めて舌打ちする金髪娘。

この野郎、いつかエロ同人みたいに泣かせてやりたい。

「これだから素人は……コレだけの人数の野営なのです。早い内から場所を確保し、日が昇っている時間に移動距離を増やすべきでしょうが」

「いや、そうは言っても早過ぎだろ。野営は各パーティ毎にテントを張るんだろ？　だったら普段と手間は変わらないだろうが。今から野営準備とか、日の出前に出る勢いじゃないと十時間くらい滞在する事になんぞ」

「何を当たり前の事を言っているんですか？　野営の基本も知らないなんて、本当にルーキーなんですね。何故支部長はこんなのを救助隊に加えたのか……」

「……は？　え？　マジで十時間くらい休むって事？」

信じられないとばかりに声を上げれば、戦風のカイルに肩を叩かれた。

そして、いつもの通りに首を横に振る。

出会ってから数時間しか立っていないのに、いつもの動作に見えてしまうのは何故だろう。

「お嬢ちゃんの言う野営ってのは貴族交じりなんだよ。だからこそ休憩時間も長い。だが馬やメンツの事も考えれば休憩時間は確かに大事だ。不味い携帯食料だけじゃ、ちゃんと休んでおかないと体がもたないからな」

あぁ、忘れていた。

この世界では、旅というのは基本的に携帯食料を齧る物。

せめて材料が傷まない内は普通の食材を用意しろよと言いたいところだが、それも季節によるのだろう。

マジックバッグを持っている事が普通ではないのだ。

俺達が色々とズルをしているからこそ、こんな風に思ってしまうのだろう。

「……分かった、方針に従おう」

「最初からそう言っていれば良いのですよ、ルーキー」

いつもなら可愛い子がキーキー言っているだけの戯言くらいで受け流せた筈のその言葉が、今だけは随分と癪に障った。

今この瞬間だって、助けを待っている相手は怯えているのかもしれない。

もしかしたら、生死の境目に立っているかもしれないのに。

そんな風に思うと、腹の中でグツグツと煮えたぎるモノがあった。

「こうちゃん、落ち着けって。多分〝向こう側〟でも、レスキューの人とか同じだったと思うぜ？」

「僕達だけならもっと速く進めるかもしれない。でも、僕らだけじゃ救い出せるかも分からない。だから、〝こっち側〟のルールに従おうよ」

「……おう、わりぃ」

それだけ言って、俺達は野営の準備を始めた。

納得はしていないが飲み込んだ事情だ。

せめて、今日は腹いっぱい食ってから眠ろうと思う。

※※※

〝戦姫〟と〝悪食〟のパーティとの合同依頼。

最初はどうなるかと思ったが、悪食の方がなかなか順応するのが早いらしく、今のところ問題は起きていない。

戦姫に関しては噂通り、というか見た目通りというか。

まさに貴族の娘さんって態度で威張り散らしている。

多々イラッと来る事はあったが、相手は貴族。

ここで食って掛かっても後々面倒になるだろうと思って言葉を飲み込んでいたが、悪食のリーダーが随分熱い男だという事だけは分かった。

今すぐにでも助けに行きたい、そんな感情が滲み出ている表情で戦姫のパーティを睨んでいる。

どうにかメンバーに抑えられ、今では普通に野営の準備を続けているが……。

「カイル、どう思う？」

メンバーの一人、エルフの弓兵が俺に声を掛けて来た。

彼はリィリ。

種族柄と、そして称号も合わせて目と耳が良い。

もしかしたら悪食の連中の会話さえ聞こえているのかもしれない。

「青い、すんげぇ青い。でも嫌いじゃねぇぜ、あぁいうのは」

「ははっ、出たよウチの大将独特の直感が」

そう言いながら、集めて来た薪に火をつける小柄な女。

斥候を務めるポアル。

ニヤニヤと笑いながらも、まだ幼い彼女は再び薪を拾いに元気よく走り出した。

「悪くはない、悪くはないが……あまりにも綺麗過ぎる。見たところ実力が有りそうな者共だが、あまりにも汚れていない。不思議だ」

「やっぱアンタにもそう見えるか、ザズ」

魔導士のザズ。

彼もエルフ族であるからにして、様々な人間を見て来たのであろう。

その彼が、疑念を抱く様な人族。

ソレがあいつら〝悪食〟のメンバー。

野営や周囲の警戒に随分〝慣れている〟。

俺らだって彼らの様に手際よく野営の準備は出来ないだろう。

そして、常に周囲を警戒している。

その気配がビンビンと伝わってくるのだ。

いったいどんな環境で生活していたらあんな風になるのか、誰も彼もが楽しそうに喋りながらも、周りをちゃんと見てやがる。

まるで四六時中何かに襲われる事を警戒しているみたいに。

なんなんだアイツら。

悪い奴らじゃねぇとは思うが……。

そんな事を思いながら俺達が干し肉を齧り始めたその時、とんでもない事が起きた。

「おい……アイツら料理してないか？」

「いやいや流石に緊張感薄れ過ぎだろうに。何かあった時は他を頼れば良いってか？」

「いや、彼等は警戒を解いてはおらん。あの状態でも、すぐに武器を構えられるのであろう」

言われて見れば確かに、常にエモノを近くに置いている。

だとしても、流石にアレで警戒しているって事は無いだろ……。

そんな疑惑を胸に、手近な所にあった石を彼らの近くに投げてみた。

すると。

「っ！」

投げた瞬間、男連中と目が合った。

そして石が近くに落ちた瞬間、今度は奴隷の少女と目が合ってしまった。

「何か用か？」と、そう言いたげな彼らの視線にかなり肝を冷やす結果になってしまう。

「だから言っただろう。安い挑発は身を滅ぼすぞ？」

ザズは静かにそう言い放ち、不味いお茶を啜って顔を顰める。

遠征先では、本当にろくなものを食えない上に呑めもしない。

だからこそ、こんな仕事さっさと終わらせるに限ると思っていたのだが……。

「アイツら……何なんだろうな」

「狩人、それ以外に言葉が見つからんな」

そこから会話は途切れ、俺達はひたすら不味い干し肉とパンを齧るのであった。

※※※

遠征二日目。

もう昼を過ぎた時間、私達は未だに馬車に揺られていた。

「アイリさーん、平気ー？　ずっと御者任せちゃってごめんねー？」

「いえいえ～、夜の見張りも免除されてますし、コレくらい余裕ですよ～」

「北君もそろそろ降りて来なよー？」

呑気な声が馬車の中に響き渡るが、その会話に北山様だけは加わっていない。

ムスッとした顔のまま、馬車の屋根の上で胡坐《あぐら》をかいていた。

「いや、もちっと頭冷やす。それにさっきみたいな事があっても困るしな、一応周りも警戒しとく」

「ご主人様、私も手伝います」

それだけ言って、窓から体を乗り出し屋根へと上る。

未だ不機嫌そうなご主人様の隣に腰を下ろし、普段よりずっと高い視点から周囲を見渡した。

私は獣人だ。

ご主人様達みたいに「気配を読む」みたいな事はまだまだ未熟だが、これでも耳は良い。

多少なりお役には立てる筈だ。

「……なぁ南。こっちじゃ〝さっきみたいなの〟って、普通なのか？」

ポツリと、そんな事を聞いてくるご主人様。

その横顔は、不機嫌ながらも何処か悲しそうな様子だった。

「私も貴族に詳しい訳ではありませんが……まぁ、そうですね。分かりやすい功績を欲しがる人は多いと思います。先程のアレも、〝よくある事〟ではあると思います」

そう答えれば、ご主人様は「……そうか」とだけ短く答え、再び見張りに集中し始めた。

本当につい先程、お昼過ぎにあった出来事を未だに気にしているのだろう……。

※※※

あまりにも長い休憩時間。

馬や人を休ませるにしても、こんなんじゃいつまで経っても目的地に着かない。

そんな風に感じて焦れ始めた頃、やっと先頭の馬車が動き始めた。

あの金髪娘……どれだけ休憩すれば気が済むんだ。

思わず奥歯を噛みしめ、走り出した馬車を睨みつけると。

「こうちゃん、顔」

「北君、気持ちは分かるけど馬が怖がっちゃうからさ」

友人二人から声を掛けられて、ハッと正気に戻り馬へと視線を向けてみると。

「キタヤマさんって、怒ると怖そうですよね……ハハハ」

馬どころかアイリさんにまでドン引きされていた。

いかん、俺がパーティの空気を悪くしてどうすんだよ。

はぁぁぁと大きなため息をついた後、自身の頬に平手を一発。

よしっ、気持ち切り替えていこう。

「悪い悪い。そんじゃ俺らも出発するか！　あの金髪、ついに出発の合図も出さなくなりやがった。後で泣かしちゃる」

なんて、呆れた笑いを浮かべながら先頭の馬車に目を向けた瞬間。

……馬車がまた止まった。

おい、嘘だろ？　今度は何だよ？

まさかまた休憩なんて言い出すんじゃ――。

「〝悪食〟！　魔獣だ！」

少し先に居たカイル達が、武器を手にして先頭の馬車へと走り出した。

どうやら今度は、休憩云々ではなく仕方のないアクシデントだったらしい。

止まった馬車から金髪娘も慌てて降りてきているし、相手との距離はかなり近い様だ。

「東とアイリさんはウチの馬車を！　西田、南。行くぞ！」

「おう！」

「はい！」

三人で走り出せば、すぐに見えてくる馬車に襲い掛かる魔獣。

狼が三匹。

大した数じゃないが、如何せん距離がある。

俺達と〝戦風〟の連中は未だ駆けつけているところだし、先頭の金髪娘のパーティは慌てふためいている様子だ。

戦闘態勢に入っているのは金髪娘ただ一人。

剣を構えてはいるが、明らかに腰が引けている。

ならば。

「西田！　右の奴頼む！」

「あいよぉ！」

それだけ言葉を交わしてから、俺達は手に持った槍を投げつけた。

正面には〝戦風〟の連中と、逃げ惑うローブ姿の先頭パーティメンバー達。

障害物が多い、多いが。

〝これくらいなら問題ない〟と判断した。

普段から木々やら蔦やら葉っぱやら、様々なモノに邪魔されながら狩りをしてきたのだ。

大きく動いているから自然の植物よりもやはり邪魔に感じるが、それなら此方で対処してやればいい。

俺達は少しだけ左右にズレながら射線を作り、槍をぶん投げた。

そしてすぐさま南から渡される予備の槍。

大丈夫、いつも通りだ。

「な、なにがっ⁉」

目の前に居た狼二匹にいきなり槍がぶっ刺さった事に驚いたのか、金髪少女は剣を引いて周囲を確認し始めてしまった。

あれは悪手だ、どう考えても隙にしかならない。

まだ相手が残っている以上、そちらから視線を外すなどあってはならないのだ。

「カイル！」

「分かってるよ！〝悪食〟！」

予想した通り金髪娘より先に狼の方が落ち着いたらしく、彼女に向かって再び牙を向く魔獣。

俺達では間に合わない、だからこそ前方を走る〝戦風〟のリーダーを頼った。

その結果。

「ぬんっ！　リィリ、仕事しろ！」

「言われなくてもやってるよ大将！」

カイルは金髪娘と狼の間に割り込んで、大剣を盾の様に構えた。

そこにぶつかってくる狼に、声を掛けられたリィリ？　って人が矢を放つ。

「やれば出来んじゃねぇか」

「あのさ、いつまで俺を若造扱いする訳？　カイル」

気の抜けた会話と共に、眼球から脳髄を矢が貫通したであろう狼がその場に伏した。

お見事、それしか言葉が出てこない。

巨体の割に動きが良いカイルに、寸分違わず矢を放つ事が出来るリィリ。

やばい、ウチにも弓兵欲しい。

そんな事を思ってしまうくらいには、ちゃんとパーティってモノをしていた。

ウチのパーティはタンクが一人に接近三人、サポートが一人だからな……今のところ困ってはいないが、やはり遠距離攻撃ももう少し増やすべきか。

なんて、思っているその時だった。

「ちょっと！　獲物の横取りはマナー違反だって知らないの!?　ルーキー！」

「……はぁ？」

この時ばかりは、本気で疑問の声を上げてしまった。

「アレくらい私一人でも何とかなったわよ！　皆してゾロゾロと集まってきて、邪魔で剣が振れなかったじゃない！　この程度で恩が売れるとでも思ったの!?」

……コイツは何を言っているのだろうか？

え？　は？　本気で言ってる？

俺らは先を急いでいるからこそ、全員でさっさと片付けた。

むしろ先頭の馬車が止まっていたから、俺ら全員の脚が止まった訳なんだが？

嘘だろ？　そんな事も理解できないで仕事が任される訳ないよな？

「何とか言ったらどうなの⁉」

「……だったら早く馬車を動かしてくれ、邪魔で仕方ねぇ」

話しているのも馬鹿らしくなり、手をヒラヒラと振りながら投げ放った槍を回収していく。

だがそんな行動すらも気に入らなかったらしく、相手は更に目尻を吊り上げた。

「私を馬鹿にしてるの⁉　私はエレオノーラ・クライス――」

「何処の誰でも構わねぇよ、さっさと進もうぜ。この仕事は人の命が関わってんだろ？」

完全にガキの癇癪だ。

そんなモノに付き合って、時間を無駄にしたくない。

どうせアレだろ？　仕事が失敗に終われば、ルーキーが足を引っ張ったとかほざく訳だろ？

ふざけんな。

何したって罵られるのなら、せめて依頼人を救出してからにしてくれ。

「なっ⁉　貴方っ」

「まぁまぁまぁまぁ。今は喧嘩より依頼が大事、違うかい？　お嬢様よ」

「お嬢様って呼ばないでちょうだい！」

間に割って入ったカイル。

正直申し訳ないとは思ったが、今この場でそう言った言葉を掛ける気にはなれなかった。

常識が違う、身分が違う。

ここは俺達が居た世界じゃない、俺達の感覚の方が異常なのだ。

だからこそ〝理解〟して飲み込むべきだ、事態を手早く済ませる為にも、立場が上の者に頭を下げるべきだったのだろう。

だが……。

「クソガキじゃねぇか、誰だよコイツに仕事任せたの」

「なっ！　貴方今なんと――」

「まぁまぁ、こんな所で足止めを食ったって良い事なんて一つもないだろ？　悪食のリーダーもその辺にしておけって、な？」

完全にカイルの言う通り、時間が惜しいなら黙っていれば良かった筈だ。

それでも思わず口にしてしまった、あまりにも頭に来たから。

間に入って貰ったカイルに再び心の中で謝罪しつつも、俺は仲間の元へと戻って行った。

要は俺も……頭ん中がガキな訳だ。

なっさけねぇ。

※※※

「無理に合わせなくて良いのではないでしょうか」

「……え？」

率直な感想を口にすれば、ご主人様は意外そうな顔をして私の方を振り返った。

「私も世間一般というモノに詳しい訳ではございません。ですが、ご主人様が間違っているとは思いません。今日の事も、これまでの事も」

立場や位が違う。

そんな事、この世界では当たり前だ。

だからこそ、正しいと思える事を真っすぐにぶつけられる人は少ない。

貴族相手にペコペコする商人、自身を買ってくれる主に媚を売る奴隷達。

そんな姿を腐る程見て来た。

立場が上の人間に対して、噛みつく人間なんて滅多にいない。

それが常識で、それが当たり前の世界。

でもこの人達には、そんな姿はとてもじゃないが似合うとは思えなかった。

「ご主人様は、今のままで良いと思うんです。そんな貴方だからこそ、私は買って頂いて良かったと思える。仕事を貰って、ご飯を貰って、そして幸せを貰っています。だからこそ、ご主人様が変に曲がってしまうのは……とても嫌です」

「……迷惑かけるかもしんねぇし、面倒な事に巻き込まれるかもしんねぇぞ？」

「その時は、思いっきり逃げましょう。幸い、私達は森の中でだって生きていけますから」

満面の笑みを浮かべながらご主人様を見上げてみれば、彼は困った様な笑顔みを浮かべながら私の頭に手を置いた。

「南が仲間になってくれて良かったよ」

「奴隷に拒否権はありませんから」

「解放しようか？」

「絶対に嫌です」

そんな会話をしながら、流れる景色を楽しんだ。

もう、大丈夫だろう。

北山様の表情も、随分と解れている。

私は幸せだ、この人達の奴隷になれて。

お腹を空かせる事も、痛い思いをする事も無い。

そんな最底辺の願いだけではなく、彼らは私の事を〝人〟として扱ってくれる。

これが奴隷にとってどれ程優遇されているのか、多分彼らは分かっていないのだろう。

でもだからこそ、恩には恩で返そうと思う。

私に出来る事は少ないが、それでも私の事を〝仲間〟と言ってくれる彼らに、私は全力で恩返しをし続けるのだ。

「よしっ！　今日は唐揚げにするか！」

「はいっ！　アレをお腹いっぱい食べてみたいです！」

こうして、遠征二日目は過ぎていく。

予定であれば後一日。

それで現場に到着する筈だ。

せめて、ご主人様達が辛い想いをする結果にだけは終わりませんは様に。

そんな祈りを心の中で思い浮かべ、沈んで行く夕日を眺めるのであった。

※※※

遠征二日目の夜。

昼間にあんな事があったのだ、野営の空気は悪くなる……そう覚悟していたのに。

「ほら追加だ！　お前らじゃんじゃん食え！」

例の件があってから、しばらく苛立ちを見せていた筈の〝悪食〟のリーダー。

だった筈なのに、今では清々しい顔でパーティメンバーに料理を振る舞っている。

なんだろう、野営……だよな？

俺は手に持ったクソ不味い干し肉を見つめ、思わず大きなため息を溢した。

「な、なぁカイル。金払うから分けてくれって言いに行かねぇ？　俺干し肉だけじゃ満足できそうにねぇよ……」

情けない声を上げ始めるリィリが、涎を垂らしながら彼らの事を眺めていた。

見張り、食事、物資などは各パーティで各々準備する事。

それがこの遠征のルール。

だからこそ、そんな頼みを申し込む訳にはいかないのだが……。

「リィリよ、無理を言うでない。我々が準備したのはこの食事、であれば文句を言わず口に運べ」


そう言いながらも、ザズの爺さんが彼らを凝視しながら涎を垂らしている。

エルフってのは長く生きる事から、食に関しての関心は高いという。

だからこそ気になるのだろう。

野営先でまで旨そうな飯を作る、彼らの事が。

「あ……駄目、食べても食べても匂いだけでお腹が空く……」

さっきからずっと乾パンだの干し肉だの口に運んでいた筈のポアルが、腹を押さえた状態でゴロンゴロンと地面に転がっていた。

ただし、視線は〝悪食〟の方を向いているが。

こりゃあ本気で向こうと交渉するべきか？

なんて思った時だった。

「ちょっと貴方達、緊張感が無さ過ぎじゃありません事？　野営しているというのに、周囲の警戒もせずに料理なんか始めて……いざという時にすぐに動けるんですの？」

問題児のお嬢様が、俺らより先に〝悪食〟の奴らに声を掛けちまった。

不味いな……また昼間みたいな雰囲気になっちまうと、明日からの仕事に支障が出る。

なんて、思っていた訳なのだが。

「食いたいのか？」

「そ、そんな事言ってないでしょう⁉」

〝悪食〟のリーダーに、明らかな余裕が生まれていた。

昼間とは違う。

まるで子供の相手をするかの様に、呆れた笑みを浮かべている。

「はいはーい！　私食べたい！」

「ちょ、こら！　ポアル！」

ウチのメンバーの一人が、欲求を抑えきれなかったのか会話に割り込んでしまった。

余計不味いな……険悪なムードになったら間に割り込むつもりではあったが、今から会話に参加したら当事者になっちまう。

なんて、たいして有りもしない頭を回転させながら色々と考えていると、〝悪食〟の連中がとんでもない事を言い放った。

「別に肉なら余ってるから構わねぇが……コレ、魔獣の肉だぞ？　それでも良いなら食いに来い」

「「は？」」

いくつもの声が重なり合い、全員が身を引く様にして彼らから離れた。

〝戦姫〟のお嬢だけではなく、ウチのメンバーまでスッと身を引いたのが分かった。

あいつら、何て物を食っていやがるんだ。

〝悪食〟。

そのパーティ名の意味を、今更ながら理解する事になるとは思わなかった……。

※※※

遠征三日目。

こういうのって、お話として読んでいる限りでは〝馬車で数日……〟みたいに略されるから、あまり意識した事がなかった。

でも実際に数日間も移動だけに徹していると、かなり疲れるモノがある。

やっと現場に到着し、それぞれ馬車から降りてくるが……皆酷い顔だった。

俺らのパーティは飯が充実していた分だけ、他よりはマシなのだろうが。

「他のパーティ、かなり疲れてんな」

「まぁ移動だけでも結構疲れるからねぇ……仕方ないとは思うけど」

そんな事を言いながら西田と東が馬車を降りてきた。

その表情は他よりはマシだとは思うが、流石に疲れている様だった。

実際俺も似た様な状態。

イライラする事もあったし、ずっと座っているだけってのも疲れるもの。

移動中なんて、下手すりゃ馬車の中で筋トレしていたくらいだ。

「言いたい事は分かるが、これから仕事だからな？　あとアイリさんに頭下げる様に。アイリさん、お疲れ様でしたぁぁ！」

「「でしたぁぁ！」」

「いえいえ〜、多分馬車の中でひたすら待っているより気分的に楽ですから」

御者を務めてくれたアイリさんに三人揃って頭を下げた後、依頼にあった救助対象が攫われたであろう洞窟を睨んだ。

もうね、見るからにソレっぽい。

遠目で見ても大きな口を開いた洞窟は、「早く来い」と言わんばかりに魔物の巣窟感を出していた。

あの中に、依頼人が居る。

そう考えると、ゾワリと背筋に何かが走り抜けた。

今すぐ飛び込みたい様な、警戒すべきだと警告している様な不思議な感覚。

だからこそ、大きく深呼吸して一度気持ちを落ち着ける。

「準備は整いましたか？　ルーキーである貴方達に期待はしておりませんが、邪魔だけはしないで下さいね？」

気持ちが落ち着いたところで余計な事を言い放ってくる金髪娘。

こいつは本当にもう……どうしてこう余計な事しか出来ないのだろうか。

いつかエロ同人みたいな事になるぞ、絶対なるからな！

むしろなれ！　は、流石に言い過ぎか。

「あぁ、問題ない。さっさと助け出してやろう」

「……フンッ！　意気込みだけは一丁前の様ですね」

そう言って彼女は自らのパーティの下へ去っていく。

もしかして、俺らを心配して見に来たのだろうか？

いや、流石に考え過ぎか。

なんたって高飛車で傲慢な上、我儘お嬢様だしな。

ただしツンデレだが。

「〝悪食〟の方は問題ないか？　だったら行こうぜ。戦姫、俺ら、お前らの順で洞窟に入るらしい。準備はいいか？」

「おう、ばっちりだぜ」

「頼りにしてるぜ？」

そんな会話を繰り広げながら、俺達は洞窟に向かって歩き始めた。

ここからが俺達の本当の異世界生活。

〝食べる〟為の狩りではなく、〝殺す〟為の仕事。

似た様な行動をするだけだが、目的が明らかに違う。

「いくぞお前ら、覚悟を決めろ。俺らは……狩人じゃなくてウォーカーになる」

「初陣ってとこだな……任せとけ」

「うん。大丈夫、ちゃんと動けるよ」

「皆は初の魔物討伐だもんね、いざとなったら私が守るから安心して！」

「今回は食べる為ではありませんが、火の粉を振り払う為です。覚悟は出来ています」

頼もしい言葉を耳に入れてから、俺達は洞窟へと足を踏み入れた。

待ち受けるのはゴブリン、そして要救助者達。

初めての人型モンスターに対して、俺らは期待と不安を織り交ぜながらも、二つのパーティの後に続くのであった。

……あと、お嬢のパーティが〝戦姫〟って名前だった事を始めて知ったのであった。

※※※

ジメジメしている。

まず最初に思い浮かぶ感想がそれだった。

「松明《たいまつ》でしっかりと照らしなさい、相手が見えなくては剣が振るえません」

「は、はっ！」

先の方から、そんな偉そうな声が響いてくる。

大変だなぁ、アイツのパーティ。

そんな事を思いながらも、俺達は先行する〝戦風〟の松明の明かりを頼りに足を運ぶ。

「なぁ、お前らは松明使わないのか？」

〝戦風〟の最後尾、リィリと言っただろうか？

弓を担ぐ彼がこちらを振り返って、不思議そうに首を傾げた。

「マジで見えなくなったら使うよ。今はこの明かりでも十分だ、夜目の利くメンツが揃ってるんでな。あんまり明るくし過ぎると逆に先が見えなくなる」

「おぉ、マジか。魔獣食ったり夜目が利いたり、本当に野性的だなアンタら」

なんて、冗談めかしに笑って見せる弓兵。

カイルの時も思ったが、〝戦風〟のメンバーはかなり馴染みやすい。

話しやすいっていうか、遠過ぎるでも近過ぎるでもない距離感を保ってくれる。

俺達としては非常にありがたいメンバーだと思う。

特に今回の遠征に至っては、もう一つのパーティが〝アレ〟だからな。

「なんだったらご馳走してやるよ。というかさ、良いのか？　こんなガンガン進んじまって。普通こういうもんなのか？　マップでもあんのか？」

「魔獣肉は勘弁。んで、何か不安要素でもあった？　一本道だし、別に問題なくないか？」

「え？」

「え？」

今、彼は何と言った？

一本道って言っただろうか？

「カイル！」

「おいおい、こんな洞窟内で叫ぶんじゃねぇよ……どうした？」

慌てて戦風のリーダーに声を掛けると、彼は呆れた様子でこちらに歩みより……そして表情が凍り付いた。

「嘘だろ……お前も今気付いたのか？　バッチリフラグ回収済みじゃねぇか……」

俺も彼の視線を追って振り返って見れば、そこには道が二つ。

しかし、コレが初めてじゃないのだ。

少なくとも、ココ以外に二か所は確認している。

皆キョロキョロしながら歩いていたから、気付いているモノだとばかり思っていたのだが。

確かに今通っている道と比べれば小さな〝穴〟でしかないが、成人男性が屈《かが》めば通れるくらいの横道が通っているのだ。

「なぁ悪食……〝ココ〟は何度目の分岐だ？」

「……三つ目だ」

「っ！」

マジか。

こちとらゴブリン絶対殺すマンのアニメとか、死にゲーと呼ばれる鬼畜難易度のゲームを散々経験済みだからこそ、割とあっさりと気付いたが。

まさかコイツら全く気付かず突き進んで来たのか？

あからさまな程視線を誘導する物が落ちていたり、飾って有ったりとかなり分かりやすかった筈なのだが……。

その時も皆周囲を警戒している雰囲気があったから、気付いているモノだとばかり思っていた。

やべぇ、コレは完全にウチのミスだ。

少なくとも俺、西田、東、そして南は間違いなく気付いている。

無駄と分かっていても、声を掛けるべきだった。

ズンズン進んでいくから、一番奥から殲滅《せんめつ》していくのかとばかり思っていたが……これはゲームじゃない。

要救助者を救い出せば終わる仕事なのだ。

ここに来て、俺の常識の無さが露見してしまった。

「貴方達さっきから何してますの⁉　置いていきますわよ⁉　……っ！　全員警戒！」

先頭に居た金髪娘が鋭い声を上げたと同時に、俺達が通って来た道とは違う方向から、小さな影がいくつも現れた。

少しだけ緑っぽい肌、でもどちらかと言えば人間に近い。

鼻や耳は尖っていて、背丈は俺の腰くらいまでしかない。

間違いなく、ゴブリン。

クソが、アニメなんかで見るよりずっと人間っぽいじゃねぇか！

顔以外は。

「金髪娘！　相手の数と種類を報告しろ！　こっちはゴブリンっぽいのが六体！」

大声で叫べば、先頭集団からも声が帰って来た。

しかし。

「なっ、私の事を言っていますの⁉　というか嘘を言ってサボろうとしても無駄ですわよ！　一本道なのに後ろから来る訳がないでしょう！」

ダメだ、話にならん。

俺達と戦風の連中だけでどうにかしよう。

「カイル、すまん。一人借りて良いか？　俺達には魔物討伐の経験がない」

「誰が欲しい」

「足の速い奴」

「ポアル！　こっち来い！」

カイルが叫べば、戦風のメンバーの中で一番幼い少女が駆け寄って来た。

南とそう変わり無さそうに見える女の子。

そんな彼女は、怯えた様子などなく両手にナイフを構えている。

「スマン、ちょっと手を貸してくれ。何が出来る？」

「んと、走るのとナイフ投げは得意です」

「上等だっ！　カイル、前を任せていいか？　後ろは俺らで対処する！」

「あいよ、死ぬなよ？　〝悪食〟」

「死ぬかバカ。食えねえ相手に殺されるつもりはねぇよ」

「ハッ！　頼もしい限りだ。行くぞお前ら！」

それだけ言って、カイルを含む三人が先頭集団の方へと走り去っていく。

よし、こっちはこっちで集中しねぇと。

「東！　南とこの子……ポアルちゃんだっけ？　この二人を死守しろ！」

「了解だよ！」

襲ってきたゴブリンを殴り飛ばしてから、東がこちらに戻ってくる。

「西田！　俺と一緒に暴れるぞ！　後衛にナイフ投げが得意な子が来てくれた、射線を開ける事を意識しろ！」

「あいよぉ！　任せとけ！」

西田もまたゴブリンを威嚇しながら、コチラに近づかない様に奮闘していた。

何とも頼りになる。

予想よりもずっと人間っぽい見た目の魔物に対して、俺の判断が出る前に言わずとも戦ってくれていたらしい。

「南はとにかく〝味方〟を見ろ、武器が必要になった際はすぐにマジックバッグから取り出せ。一秒の遅れが命取りになる、下手すりゃ投げて渡せと指示するかもしれん。準備しておけ」

「はい、ご主人様」

力強く頷いた南は、マジックバッグに手を当ててすぐに取り出せる様に手をかざす。

まるで抜刀する前の剣士みたいだ。

「アイリは相手が抜けて来た場合の対処。基本的に東が防いでくれるが、東には防御に集中して貰う。だから倒すのはお前だ、いいな？」

「やっとパーティメンバーっぽく呼んでくれましたね、了解です」

そう言ってウインクしながら、彼女は両手のガントレットを打ち鳴らす。

あ、素で呼び捨てにしちゃった。

まあいいか、指示出す時には呼びやすいし。

「あの……それで私は……」

不安そうな表情を浮かべるポアルちゃんが、肩身を狭そうにしながら声を上げる。

そんな彼女の頭に手を置いて、ニコリと微笑む。

「君は基本的に東の後ろからナイフ投げ、標的は後ろの敵から。いざという時には声を掛けるから、その時は前線に参加。役割が終わったらすぐにこっちに戻る事。足、速いんだよね？」

「リーダー以上に人使いが荒い人だ……」

各々に指示を出し終えてから、俺はゴブリンを威嚇している西田と並んだ。

さて、始めようか。

ゴブリン退治の時間だ。

食べる為ではない、〝殺す為に殺す〟時が来たのだ。

今までの常識、倫理観。

様々な覚悟が問われそうな場面だが、意外と心の中は静かなモノだった。

〝殺さなきゃ殺される〟。

それが分かっているからこそ、割と平然としていられる。

むやみやたらに突っ込んでくる獣の方が、焦るくらいなもんだ。

「全部一撃で仕留めようとするな。足さえ奪っちまえば、後でいくらでも処理できる」

「あいよ。なんだか久々だな、ゴブリン退治」

「そりゃゲームの話だろうが、いくぞ。油断すんな」

そう言いながら、ゆっくりと〝魔物〟達に近づいていく。

そして。

「ポアル！　奥に居る奴から狙えよ⁉　西田！　左右から順に片付けるぞ！　のろしを上げろぉぉ！」

言った意味が伝わったらしく、東の後ろから赤ハーブの粉末が詰まった袋が敵陣の真ん中に投げつけられた。

それに合わせ、一瞬だけ視界をそちらに向けるゴブリン達。

ナイス南。

〝狩り〟においては、十分過ぎる隙だ。

「まずは一匹」

「そんで二匹」

「わ、私も一匹！　残り三匹です！」

南が〝のろし〟を上げてから、声を上げる事もなく俺達は動いた。
左右で俺と西田が一匹ずつ、そしてポアルが一番奥の奴を一匹。
計三匹が、声を上げる事もなく沈んだ。
「っしゃぁ！　次っ！」
こうして俺達は、異世界に来て初めて〝魔物〟の討伐を経験した。
異世界転生系の物語では、平然と戦っている主人公達。
そんな主人公の様には、多分俺達はなれないのだろう。
経験した事は無いが、まるで人を刺したかの様な嫌な感触。
刃がその身に沈み込んだ時に上がる悲鳴。
命に大小など無いとは言うが、コレは獣を相手にしていた方がずっとマシだった。
実に嫌な感触、嫌な気分。
それでも、殺すしかないのだ。
誰とも知らぬ依頼人を助ける為に。
だからこそあえて声を上げる。
心が参ってしまわない様に、デカい声を出して奮い立たせる。
だが。
「……スマンな」
だとしても、組み敷いたゴブリンの喉元に剣を突き刺す瞬間。

そんな声が漏れてしまった。

彼らに同情している訳では無い、慈悲の心を持ち合わせている訳でも無い。

それでも、〝殺すだけ〟というのは……何とも性に合わなかったのであった。

※※※

「よぉ、お疲れさん。こっちも終わったぜ」

グリングリンと肩を回しながら、〝戦風〟の面々が戻って来た。

後方のゴブリン討伐も終了。

あの後更に〝おかわり〟が発生したが、問題なく対処する事が出来た。

「お疲れ、こっちも問題なく。ポアルが居てくれて助かった、優秀なメンバーだな」

「役に立ったようで何よりだ」

「リーダー……この人達ヤバイ、人の使い方がヤバイ……」

隙間を縫う様にナイフを投げる事を指示したり、サポートの為に何度か前線に呼んだのが相当疲れたのか。

ポアルは虚無と言わんばかりの疲れ切った表情をしていた。

すまん、でもすごく助かった。

「そんで、こっからどうするんだ？　金髪娘は何て言ってるよ」

「あぁ……それが、だなぁ」

何とも気まずそうな顔をして、カイルは視線を逸らした。

思わずため息が零れる。

先頭では何かが起きた様だ……もはや確認するのも面倒くさいが。

「一旦、休憩にするか。話を聞いた方が良さそうだ」

「おう、そうして貰うと助かる。向こうさんはちょっと……俺の手には負えん」

そんな嫌な予感しかしないセリフを吐きながら、俺達は先頭集団と合流する為に洞窟内を進んでいった。

大した距離じゃない、すぐに合流できる。

だからこそ何の心配もない……そんな風に考えた数秒前の俺を、早くも殴りたくなって来た。

※※※

「説明して貰って良いだろうか」

「あー、その、な。まぁ良くある事って言えば良くある事なんだが……」

「……グスッ。見るなぁ……ルーキーの癖にぃ」

これは酷い、としか言い様のない光景が広がっていた。

仲間である筈の〝戦姫〟のパーティメンバーは、皆軽蔑する様な眼差しでリーダーを見つめ、彼女自身は膝を抱えて壁際で小さくなっていた。

薄暗い中でも分かるほど、股座《またぐら》をびっしょりと濡らして。

いや、うん。

何があったよ、何で漏らしてんの君。

「相手の中にデカい奴が居てな、多分変異種の類だ」

「ホブってヤツか？」

「いや、そこまでじゃない」

何でも前から襲い掛かって来たのは五体のゴブリン。

その中の一体が〝変異種〟だったらしい。

その時点で後衛の魔術師達には動揺が走り、パーティ行動はハチャメチャ。

バフが殆ど飛んで来ない事にブチ切れたお嬢様が「支援しか出来ない無能共の癖に、その支援さえ出来ないの⁉」とかなんとか。

そんな事を叫んでしまったらしい。

そら嫌われるわ、こんな環境では特に。

誰しも心に余裕がなくなるよね、閉鎖空間じゃ。

「んで、その結果がコレか？」

「あぁ、まぁ……〝変異種〟に組み敷かれていたところを俺らが助けたんだが……な？」

な？　じゃないよ。

まあ最悪の事態にはならなかったみたいだけどさ。

やっぱりこの世界のゴブリンも、女の子攫って色々するのかな。

まあそうじゃなきゃ組み敷かれた時点で殺されてるか。

「何普通に喋ってるのよ……レディが困っているのに手を差し伸べないとか、本当にコレだからルーキーは――」

「お前さ、もう帰れよ。邪魔」

「……は？」

何を言われているのか分からないという表情で、こちらを見上げてくる金髪娘。

だって、仕方なくないか？

「カイル、一度こいつ等まとめて入り口まで送る。時間を取るのは癪だが、このままじゃ役に立たん。むしろ邪魔だ、という訳で一回帰還。お前らは入り口付近で野営でもしてろ」

「ちょ、ちょっと待ちなさいルーキー！　私を戦力外通告したいとでも!?　いったい誰の許可を取って――」

「黙れクソガキ。お貴族様の威厳とやらがどれ程かは知らんが、こんな洞窟の奥まで影響すんのか？　こっちは人を助ける為に仕事に来たんだ。付き添いのお嬢ちゃんのオシメを変えている余裕はない」

「なぁっ!?」

俺の言葉がよほど気に入らなかったのか、顔を真っ赤にして立ち上がる金髪娘。

どうやらまだ立ち上がるだけの気迫は残っているらしい。

この分なら歩けるな。よし、一度外に追い出すか。

「カイル、俺は実戦経験が浅い。違和感を覚えたらすぐに教えて欲しい、指示出しはそっちに任せて良いか？」

「お前の実戦経験が薄いって時点で訳分かんねぇが、とにかく了解だ。だけど全体指示はお前が出せよ、俺より統率を取るの上手そうだからな。不味そうだったらちゃんと意見すっから」

「良いのかソレで……まぁ良いか。んじゃパーティ毎じゃなくて、個人の配置を変えるぞ、まずは――」

「ちょっとお待ちなさい！」

もはや空気と化していたお漏らしお嬢が、憤怒の表情を浮かべながら俺に向かって接近してきた。

あの、アンモニア臭がするのでそれ以上は近づかないで頂いて……。

「さっきから聞いていれば何なんですか⁉　私は一切役に立たないみたいな言い方をして！　これでも貴方達より上のランクのウォーカーなんですよ⁉」

「いや実際役に立たないし」

「うぐっ！」

率直な感想を申し上げれば、今の状況を鑑みて否定しきれないのか。

彼女は言葉を詰まらせた。

そして後ろにいる彼女のパーティメンバーがクスクスと笑い声を上げているが……。

「お前らもだよ、役に立たんから帰れ。補佐役だってのに、役割を放り出して逃げ回る事しか出来ないのか？　はっきり言って論外だ。邪魔にしかならん」

「なっ⁉　我々は無理やり！」

「権力でってか？　だとしても他のメンツも巻き込んでるんだ、しっかり仕事だけはしろよ。この我儘お嬢に嫌気が差したってのは分かるが、それは失敗の言い訳にはならねぇぞ？」

睨みつけてみれば、黙りこくるフードメン達。

マジか、この程度の奴らを引き連れていたのか？

最悪攻撃魔法の一つでも飛んでくるかと予想していたのだが。

そんな事も無く、皆俯いている。

「なっさけねぇなぁ……魔法使いでも魔法が行使できない状況が有るってのは理解できる。ネトゲじゃ当たり前な状況だからな、だがお前らの場合は状況も環境も違うだろ。こんなガキんちょ一人守れねぇで何が大人だよ。ガキが漏らしてまで一番前に立ってんのに、お前らは後ろで震えてるだけか？　なら邪魔だ、帰れ」

「ネ、ネトゲ？　しかし我々は……正当な評価がされないからこそ、こんな所まで……」

「正当な評価ってなんだよ？　ガキ一人残して逃げ回る大人に、何の価値がある。俺の観点からすりゃお前らは全員失格だ、根性鍛える事からやり直せ。魔法が駄目なら拳を使え、それが出来ないならお前らは〝漢〟としても失格なんだよ」

「……」

続く反論は、返って来なかった。

完全にこちらの意見を押し付けた結果になってしまったが、とりあえず場は収められたらしい。

よし、結果オーライ。

んじゃ早速、お嬢達を外に放り出して、後は戦風と俺達だけで探索を――。

「何をすれば……許して下さいますか？」

「は？」

さっきから大人しくなっていた金髪お嬢が、急に訳の分からない事を言い始めた。

許す許さないじゃないいんだよ、お前らはさっさと入り口まで戻るんだよ。

「私は何をすればっ！　同行を許して貰えますか⁉」

「いや、無理。さっさと帰ろうね？　身内だったら容赦なくお尻ペンペンしてる事態だからね？」

なんか暴走し始めたお嬢様を抑える為に、適当に言葉を繋いでみたが、ソレがいけなかったらしい。

何と彼女はスカートと装備を一緒くたに捲り上げ、こちらに尻を差し出してきたのだ。

眼前に広がるお尻とパンツ。

なんだ、何が起きた？

意外にも可愛いピンク色のパンティーを眺めながら、何処までも困惑した。

「どうぞ！　好きなだけ叩いて下さい！　ですから私に同行の許可を！」

うん、頭大丈夫かお前。

そこまでして何故付いて来ようとする。

別にギルドには途中退場させたとか報告しないから、早くお尻を仕舞って頂きたい。

「リーダー、ココは私にお任せを」

対応に困っていると、アイリがすぐさま近寄って来た。

よし、やはりこういう問題は女性同士に任せよう。

俺が引っ叩いたら、色々と問題になるし。

そんな事を考えながら場所を譲れば。

「フフフ、こういう高飛車な貴族様を一度思いっきり蹴ってみたかったんですよね……」

「おい、待て。黒い、黒いぞ？　それから今蹴るって言ったか？」

「大丈夫です、〝身体強化〟は使いません……からっ！」

彼女の言葉と共に、随分と腰の入った蹴りが炸裂した。

そりゃもうズバンッ！　と音がするくらいに。

形の良い綺麗なお尻に、アイリのブーツが容赦なく叩きつけられる。

あ、接近戦用という事もあって、確か金属板が仕込まれているヤツじゃなかったっけ……。

「ふぎゃぁぁっ！」

止めるのが遅かった。

お嬢様は何とも酷い悲鳴を上げ、その場にへたり込む。

相当痛かったのだろう、全身がピクピクと痙攣しているご様子だ。

尻が四つに割れて無ければ良いが。

「こ、これで……同行させて貰えますわよね？」

思いっきり涙目になりながら、金髪少女はお尻を押さえてこちらを見上げて来た。

うん、なんというか……ごめんね？

「……俺の指示に従うなら、まぁ」

「や、約束しますわ」

なんやかんやあったが、お嬢のパーティが指揮下に入った。

やったぜ！　なんて軽く言えれば良かったのだが……どうすっかなコレ。

全然嬉しくねぇ。

※※※

結局のところ、一番奥まで行ってからの虱潰《しらみ》し作戦を行う事になった。

もうここまで進んじゃったら仕方がない。

俺の指示によりパーティは見事にバラバラ。

三つのパーティが入り乱れ、統率を取るのも難しいかと思えたのだが。

「ゴブリン、三。魔術師隊、デバフ！」

「「はいっ！」」

意外と連携が良かった。

〝戦姫〟の面々は指示を出される事に慣れているのか、指示さえ出せば随分と素直に動いてくれる。

まあ、守られているという安心感から冷静に動けるだけなのかもしれないが。

ともかく、指示を出せば余裕をもって支援してくれる訳だ。

こいつ等、状況さえ整えてやればかなり優秀な部類なんじゃ？

「俺、西田、カイルで一匹ずつだ！　行くぞ！」

「ちょっと！　私は!?」

「待機！　パンツでも穿き替えておけ！」

「なっ!?　ック……了解」

実に順当な狩り、むしろ理想形と言って良いのかもしれない。

戦力を温存しながら、接敵した瞬間に全てを潰す。

そして余裕を持ったまま、洞窟の最奥に到達してしまった。

であれば戻りながら別れ道を探索するだけ。

素晴らしい程に順調だった筈なのだが。

「しかし妙だな……」

「何が？」

ゴブリンの死体から離れるカイルが、忌々しげに魔物を睨む。

「本来コレだけ〝装備〟しているゴブリンは滅多にいない。であれば〝それだけの戦力〟を蓄えているると思ったんだが……意外に数が少ない」

「そういうモンか」

随分と様になる動きで、ブンッ！　と大剣から血を払い、背中に担ぎ直すカイル。

勇者云々がなければ、間違いなくお前が主人公だよ。

「ちなみにゴブリンって普通はどんな感じなんだ？　今みたいに鎧を着ていたり、刃物を持っている個体は異常？」

「異常も異常。ゴブリンってのは略奪民族だ、詰まる話〝誰かから奪った装備〟で戦闘に備えているって訳だな。コイツらが着ているのは間違いなくウォーカーの装備。ココの通路がハズレだとすれば、浅い層でさえこんな装備を整えられる程、数が居るって事だ。脇道に行かないと救助者は見つからないが……ちょっと不味いかもしれねぇな。下手したらまた変異種か〝上位種〟が居るかもしれん」

チッと忌々しそうに舌打ちするカイル。

それはアレだろうか、ゴブリンナイトとか、ゴブリンキングみたいな。

そういうレアモンスターの事を指しているのだろうか。

正直命が掛かった状態ともなれば、踏み込みたくはない。

でも俺らじゃない人命が掛かっている。

そして、仕事である事には変わりない。

せめて確認の必要だけはあるのだろう、そうでないと報告すらままならない。

「なら、〝戦風〟は戻ってもいいぜ？　送迎はする」

だからこそ、はったりを掛けてみる訳だが。

「冗談。ここで逃げ出したとなれば、俺達の信用は地の果てまで堕ちるってモンだ」

「そうかい、頼もしいね」

どうやら、逃げ出さないレベルの仕事ではあるらしい。

正直、この辺の判断が一番困るんだよ。

ネトゲであれば攻略サイト見れば良いだけだし、獣であれば割と順当な動きをしてくれた。

だとしても、〝魔物〟は別だろう。

何でもゴブリンだって、子供くらいの知性を持って襲い掛かって来るらしい。

体形も筋力も本当に子供と同じくらい、ただし数が多い。

それって滅茶苦茶怖くないか？

人間の子供と同じ知性を持ち、そして肉体能力も人に劣らない。

だがしかし、〝魔物〟としての本能はしっかりと持っている。

〝人を殺せ〟と、目の前の者から〝奪え〟という本能は確定している訳だ。

更に言うなら、アレくらいの背丈の子供と言えば小学生高学年くらいか？

理解力は増してくるが、それでもまだまだ好奇心旺盛なお年頃。

俺の知って居る限り、それくらいの年齢の子供はどこまでも〝残酷〟になれるのだ。

ただの面白半分、興味本位で他の者を虐げる。

場合によっては、他者を平気で死に追い込んでしまう。

そんな事が平然と出来るくらいの子供の年齢ってのが、アレくらいだと思う。

ニュースで見たり、聞いた話だから現実感自体は薄いが……それでもやはり、何処までも危険な生物だと感じさせられた。

「まぁココからはガチの虱潰しだ、ただし後ろからの襲撃はねぇ。陣形を変えるぞ」

「あいよ、リーダー」

「カイルまで俺をリーダー呼びするんじゃねぇよ……」

「ハッハッハ、だが頼もしいのは確かだぜ？」

「煽り文句として受け取っておくよ」

「素直じゃないねぇ」

そんな無駄口を叩きながら、俺達は人の並びを入れ替えた。

こっからはマジの総力戦だ。

脇道の一つ一つ、可能な限り迅速に潰して廻る。

「俺、西田、カイル、お嬢が先頭。中間は東、ポアル、アイリ。あくまで突破された時の保険だ、もしかしたらサポートに回って貰う可能性もある。後衛は魔導士組、そんでその先頭をリィリ、全体を弓でカバーしろ。そんでザズ……？　のおっちゃんは魔法で攻撃支援と後ろの警戒を、後は他の魔導士がビビった場合に活を入れてくれ」

「ご主人様、私は」

すぐ近くから南の声が聞こえる。

視線を下ろせば、フンスッ！　とばかりにやる気に満ちた我らの可愛らしいサポーターが。

「南は一番大変な仕事になるかもしれん。基本的には俺か西田の近くで次の武器の用意、東の盾がヤバそうなら、そっちにも走って貰う事になる。常に走り回る事になるかもしれないが……出来るか？」

「お任せ下さい。私は、ご主人様達の奴隷ですから」

「なら命令だ。〝死ぬな〟、ヤバイと思ったら仕事より命を優先。死なない為に逃げる、隠れる、生き残る。いいな？」

「はい、ご主人様がそう望まれるのであれば」

「よろしい、であれば俺の傍を離れるなよ？」

「はいっ！」

各々の役割が決まった所で、今しがた来た道を引き返していく。

目指すのは最後の分岐点、まずはそこからだ。

「野郎ども！　準備は良いか！　一気に押しかけて全部掻《か》っ攫うぞ！」

「おうよ！　全部駆逐してやらぁ！」

「西君、助け出すのが目的だからね……ソコは忘れない様に」

「言葉選びが既に盗賊のソレなのですが……まぁ今更ですね、お供致します。ご主人様方」

「ほんと、飽きないねこのパーティは」

各々好き勝手なセリフを吐きつつ、俺達は最初の分岐点に走り込んだ。

この先に要救助者が居る事を望むが……居なかった場合は本格的に虱潰しになるだろうな。

正直体力的にその事態は避けたいが、指示を出す側になってしまった以上、情けない姿は見せられない。

せめて、体力が持つ内に依頼人が見つかれば良いのだ……。

そんな事を考えながら、俺達は脇道へと走り込んだ。

※※※

「西田！　お嬢！　仕留める必要はねぇ、足を狙え！　動けなくすりゃ後はカイルがやってくれる！　ポアルは弓と魔術師っぽいのを先に潰せ！　リィリも可能なら援護！　東、アイリは絶対後ろに通すなよ！」

「「了解！」」

返事が返ってくると同時に脇道の最奥へと走り込む。

コレだけの集団行動だ、気付かれない様に移動しろって方が無理。

なので警戒しながら進みつつ、最奥が見えたら一気に雪崩れ込む。

荒っぽい戦闘だが、コレが一番早い気がする。

目の前に見えるのは十数体のゴブリン達。

皆鎧を着こみ、手には武器を、モノによっては杖や弓を持っている。

魔法は良く分からんが、弓はとにかく厄介そうだ。

なので。

「うらぁぁぁぁ！　南、槍！」

「っはい！」

ポアルやリィリが動きだす前に、手に持っていた剣を投げつけて数を減らしていく。

こちとら野鳥相手に武器を投げつけて狩りを行っているのだ、これだけ的がデカければ外れる気がしない。

あとゴブリンには武器を投げるモノだと〝向こう側〟に居る時にどっかで見た。

「しっかしコレだけ数が多いと武器がどんどん……、っ！　お嬢さん、後ろに跳べ！」

「え？　は、はいっ！」

西田の指示でお嬢がバックステップをかましたすぐ後、さっきまで彼女が居た場所にゴブリンの投げた武器が飛んできた。

何ともまぁ……元々ゴブリンもやっている行為だったのか、俺の行動を見て真似したのか。

定かではないが、あんまり手の内を見せたくないなこりゃ。

「こうちゃん！」

「分かってらい！」

その他のゴブリン達も各々が持っている武器を頭上に掲げ、明らかに〝投げ〟のモーションに入っている。

勘弁してくれ。

こんな薄暗い中一斉に武器を投げられたら、流石に怪我人どころじゃ済まない。

「お嬢は中衛まで後退！　カイルは剣を盾にしろ！　東ぁ、出番だぁぁぁ！」

「了解だよ！　南ちゃん大盾追加！」

「はいっ！」

指示通りお嬢は下がり、東が二枚の大盾を構えながらゴブリン達に突進していく。

大柄な東の上半身が隠れてしまいそうな程、ドデカい盾。

そんなモノを二枚も構え、自分達の投げた武器が次々と弾かれていく様は、相手からしたら恐怖以外の何物でもないだろう。

「西田！　南！」

「おう！」

「はい！」

そんな巨体の後ろに隠れる様にして、俺達も後に続く。

前面は鉄壁の守り、左右に展開しているアブれのゴブリン達は、ポアルとリィリが遠距離から仕留めてくれる。

　なら、俺らの仕事は目の前で固まった残りの奴らだ。

「そろそろだよ！　三、二、一。うらぁ！」

　合図と共に東が大盾を振り下ろし、二匹ほどのゴブリンが見事にぶっ潰れた。

　残り四匹。

　東が守りを捨てた瞬間に、俺と西田は左右から飛び出し残ったゴブリン達に走り寄る。

　東のお陰で実に安全に近くまで寄って来られた。

　この距離に入ってしまえば、〝狩れない〟事は無いだろう。

「っしゃぁ！」

「おせぇ！」

　二人して武器を突き出し、ゴブリン達の脚を刈る。

　太ももに槍を突き刺し、そして捻る。

　こうすれば大体の生物はまともに動けなくなるのだ。

　動けたとしても、痛みによりまず動きが遅くなる事だろう。

　ココに居るゴブリン達は皆、装備が何故か整っている。

　それは防具も然り。

　とはいえ大人サイズの防具ではやはり全身には着られないらしく、大体の奴が兜と胴などを装備している程度。

詰まる話、手足はそのまま晒されているのだ。

なので俺らが狙うのは足。

とにかく動けなくしておいて、頭などの急所は力の強いメンバーに後から片付けに来て貰うという戦法だった。

「ラストォ！」

「右側貰い！」

俺と西田が手に持った武器を最後の二匹へと投げつけ、それらはゴブリンの脚に突き刺さるどころか貫通した。

ウギャァ！　と醜い声を上げながら、最後のゴブリン達も地面に伏せる事となる。

「うっし、カイル。端から頼む」

「もうやってるよ、旦那」

振り返って見れば、地面に転がって苦しんでいるゴブリン達の頭に、容赦なく大剣を叩き込んでいるカイルが。

完全に後処理、というかモグラ叩きみたいな事になっている。

「うん……なんかスマン。絵面が酷い」

「分かってるからそういう事言うな。後処理はすっから、とりあえず離れておけよ？　まだ死んでる訳じゃねぇしな」

「手伝うか？」

「コレくらいはやらせろ……出番がねぇんだ」

そんな事を言いながら、伏しているゴブリンの頭を兜ごと割っていくカイル。

確かに、今回の様な場所だとカイルや東の様なパワータイプの出番が少ない。

最終的に東はかなり目立ったが、彼は投げられたゴブリンの武器に対して、剣を盾にして防いでいたくらいしか記憶にない。

ちょっとその辺り気にしているのだろうか。

まあそういう事なら任せておこう、俺も好き好んでゴブの頭割りたくないし。

「さて……と。この分岐はハズレかね、ゴブリン以外何も居ねぇし」

周囲を見渡してみれば、通路よりちょっと広くなった空間。

そこにゴブリン達が溜まっていただけで、他には何も無い様だ。

残る別れ道は二つ。

そのどちらも先程程度にはゴブリンが溜まっているのかもと思うと……正直キツイ。

主に精神面、人によっては体力面でもキツイだろう。

特にお嬢のパーティが。

「くっせぇけど、一旦ココで休憩にするか」

「待って下さいご主人様」

死体を片付けて、腰を下ろそうとしたその矢先。

南からストップが掛かってしまった。

やけに耳をピコピコ動かしながら、一か所の壁を様々な方向から覗き込んでいる。

何か見つけたんだろうか？

「どした？　隠し通路でも見つけたか？」

流石にゲームのやり過ぎかと自分でも思うが、南が見ている岩壁にコレと言った変化は見受けられない。

マジで何を見つけたんだろうか？

「あの……この壁の向こうから、人の声がします。何を言っているのかまでは分かりませんが、おそらく話しているのは三名程、もしかしたらそれ以上居るかもしれません」

「……へ？」

※※※

悪食の連中が、おかしな事をし始めた。

やけに岩の壁に注目しているし、コンコンッと叩いたりしている。

何やってんだ、ありゃ。

「なんか見つけたのかね？」

「さぁなぁ？」

他のメンバーも不思議そうな顔を浮かべながら、彼等の行動を眺めていると。

「なぁカイル。お前壁ブチ破れたりする？」

「は？」

これまた、意味の分からない事を言ってきた。

なんでも、彼等の話では壁の向こうに〝人〟が居るらしい。

いや、意味が分からない。

どう見たって洞窟の壁にしか見えないし、人の声なんぞ聞こえない。

しかし、彼等のパーティにいる猫人族の少女。

彼女の耳には確かに聞こえるらしい。

だとすれば見過ごせない……か？　なんて、考え始めた所で。

「皆様警戒して下さいませ！　残りが迫って来てますわ！」

入り口側を警戒していた〝戦姫〟から、鋭い声が上がる。

ここ以外にも横穴はあったと〝悪食〟が言っていた為、〝そういう事態〟も想定していた。

だが、まさかココまで早く動きだすとは。

「悪食！　そっちは後回しだ！　残りのゴブリンが来るぞ！」

叫んでから全員が武器を構えれば、入り口からは数多くのゴブリン達が顔を出した。

その数、これまでの戦闘とは比較にならない程。

クソッ、他の横穴が本命……というか寝床だったか。

思わず舌打ちを溢しながら大剣を振り上げれば。

「ジャァァァァァァァ！」

洞窟の中に、獣の叫び声が響いた。

鼓膜をビリビリと震わせる程、そして全身に鳥肌が立つほどに殺気立った〝雄叫び〟。

ソイツは何故か……俺の後ろから聞こえて来た。

「東、突っ込め！　西田は俺と一緒に群れの中で暴れんぞ！　南は俺の後ろから離れるな！　ぜってぇに守ってやる！　アイリは後に続いて全力で押しもどせ！　暴れんぞてめぇらぁぁぁぁ！」

先程の雄叫びを上げた本人が、獣人の少女から槍を受け取りながら物凄い勢いで走り出す。

思わず俺達も、そしてゴブリン達でさえポカンと口を開けながら彼等の事を眺めてしまった。

狭い洞窟内。とはいえ今のこの場所は、ゴブリン達がたむろできるくらいには広い。

だから、という訳ではないのかもしれないが。悪食のリーダーは盛大に槍をぶん回した。

突くのではなく、〝薙ぐ〟様にして。

「しゃぁぁぁ！」

呆けていたゴブリン達の横っ面を、彼の槍が引っ叩く。

まとめて三匹くらい吹っ飛んだだろうか？　それくらいに、強い一撃。

「どぉぉぉらぁぁぁぁ！」

続けざまに盾を構えた巨体が敵の群れに突進し、そのまま突き抜けていく。

相手からしたらたまったものではないだろう。なんたって、絶対的有利な数を揃えている筈なのに、まるで虫けらの様に打ち倒されていくのだから。

しかも、群れの後方には彼等の情報が届いていない。

まるで順番待ちでもするかの様な気持ちで、まだかまだかと待っているところに、あの勢いの鉄の塊が突っ込んでくるのだ。

そりゃもう、ハチの巣を突いた時の様な大騒ぎだ。

当然連携など取れる訳もなく、どいつもコイツも醜い悲鳴を上げる事しか出来ない。

「あんまり他所見してんのは感心しないぜ？」

そしてもう一人が、コレだけ居る敵の〝死角〟から確実に仕留めていく。

「ちょっとぉ！　皆勢いが良過ぎますって！　あぁもうコイツ等邪魔！」

少しだけ遅れる様にして、端から殴り飛ばしていく受付嬢。

は、ハハハ……何だコイツ等。

恐怖ってモンが無いのか？　それとも、この程度何でもないってか？

いくらベテランになろうとも、戦場に慣れようとも。やはり敵と対面する時には緊張や恐怖を抱くもの。

それらを失った奴から、早死にすると言われる程に大事な感情だった筈だ。

だというのに。

アイツらは戦士じゃない、ましてやウォーカーらしくもない。

一番似合う表現で言えば、〝獣〟。

何処までも野性的で、行動的。そして何より、相手を〝狩る〟事しか考えちゃいねぇ。

アレは戦いじゃない。間違いなく、獣同士の〝狩り〟だ。

「わ、私達も行きますわよ！　〝戦姫〟各員戦闘準備！　〝悪食〟の皆様に続きますわ！」

「「うぉぉぉ！」」

彼等の空気に感化されたのか、ハッと正気を取り戻したお嬢様方も走り出した。

どいつもコイツも、必死に〝アレ〟と肩を並べようと加減無しに突っ走り始める。

こりゃもう、さっきみたいな冷静な戦闘じゃねぇ。

乱戦も乱戦、まるで殺し合う獣の現場だ。

手数が少ないのが気に入らなかったのか、悪食リーダーはもはや両手に槍を持って振り回している。

鬼神とでも言うべき姿に、もう言葉が出ない。

「カ、カイル……どうする？」

ポアルが唖然としながらも声を上げるが……そんなもん決まっているじゃないか。

ニヤリと口元を吊り上げ、俺は再び大剣を掲げた。

「行くぞお前等！　これは俺らの仕事でもあるんだ！　全部食われちまう前に、俺らも噛みつけ！」

空気に感化された馬鹿は、〝戦姫〟だけでは無かった。

俺も、そのバカの一人。

「うらぁぁぁ！　全部まとめてぶった斬ってやらぁ！」

振り下ろした大剣は、目の前の一体を頭から股の下まで二つに両断した。

まずは一匹。

そんでもって、アイツらはもう何匹相手にしたんだろうか。

負けてらんねぇなぁこりゃ！

今一度気合いを入れ直し、俺達も暴れる獣達の中に飛び込むのであった。

彼等の、いや俺達の雄叫びが止むのは、多分〝獲物〟が居なくなったその時だけなのであろう。

そんな事を考えながら俺達もまた、刃を振るい続けた。

※※※

「あの……本当にありがとうございました」

洞窟の入り口まで戻って来た俺達は、ひたすら頭を下げられていた。

南が聞きつけた壁の中の人の声。

別に埋められていたとか、隣の部屋と近くて声が漏れていたって訳では無く、なんでも土魔法で壁を作って避難していたらしい。

攫われた貴族のお嬢さんを追いかけて、一番奥地まで足を踏み込んで救出したまでは良かったが、あまりにも相手の数が多く閉じこもっていたとか。

最初カイルから聞いた話から魔法バリアー！　的なモノを想像していたのだが、結構力技で危機を逃れていた様だ。

「とはいえ、お嬢様程の土魔法の使い手でなければ、あそこまで立派な壁は作れませんけどね」

だそうで。

そのお嬢様と補佐をしていた魔法師二人が魔力切れでダウン。

残っていたのは鎧を着た護衛の三人のおっちゃん達。

計六人で、細々と保存食を摘まみながら飢えを凌いでいたとか。

魔法使い組は未だに腹が減り過ぎてグロッキー状態、護衛さん達も一応動けてはいるが結構限界が近いのだろう。

さっきからフラフラしてるし。

「とりあえず、飯にすっか」

「悪食の旦那、まさか魔獣肉をお貴族様に喰わせるつもりじゃ……」

「いや、流石にしねぇよ」

そんな訳で行動開始。

西田と東には別件の仕事を頼み、俺と南、そしてアイリで調理を始めた。

最初は保存食を分けてくれるモノだと思っていたらしい護衛のおっちゃん達に、凄い顔をされてしまったが。

「今回使うのは山菜と米だな。まさか山菜まで魔獣云々言わねぇよな？」

「それは大丈夫ですよキタヤマさん。むしろ魔獣の生息する地域の山菜は高級品として扱われます」

「良く分からん……」

すぐさまアイリが説明をしてくれたが、マンドレイク……だっけ？　あの大根魔獣。

アイツが作った野菜とか、奴の体の一部にしか思えないんだが。

まあいいか、深く考えても仕方がない。

「カイル、お前ら干し肉食ってたよな？　アレちょっと分けてくれ」

「別に構わねぇが――」

「私らも食べて良い⁉」

会話の途中で、ポアルが物凄い勢いで食いついて来た。

そんなに食いたかったのかお前は。

まあ確かに涎ダラダラ溢してたしな。

「おう、だったらちょっと多めにくれ。そしたら全員分作ってやるよ」

「私の分全部上げるから帰りも作って！」

「帰りは魔獣肉になる可能性が……まぁ何か考えるか、いいぜ」

「よっしゃぁ！」

元気の良いポアルが、荷物から袋に詰まった大量の干し肉を差し出してくる。

ふむ、コレだけあれば十二分に足りるだろ。

さてさてそれでは、まずはドでかい鍋に大量の米を。

皆どれくらい食うか分かった物ではないので、ソレを三つ。

米の手持ちが無くなりそうだが、ここは大盤振る舞いじゃ。

ザズのおっちゃんが魔法で水を出せるとの事なので、遠慮なく水道代わりになって頂き、ワッシャワッシャと米を砥ぐ。

その間に南には山菜を、アイリには干し肉を細かく刻んで貰う。

貰った干し肉は随分硬かったらしく、ズドンズドンとまな板から凄い音が響いていたが。

決して彼女が力任せにぶった切った結果、轟音が響いている訳では無い事を祈ろう。

「こうちゃん、終わったぜぇ」

「予定通り分岐の入り口に放り込んで来たよ」

料理の途中で、仕事を終えた二人が洞窟から戻って来た。

よし、手が増えたな。

「なぁ旦那、二人は何して来たんだ？　ゴブリンも全部狩ったし、もう何も居ないんだろ？」

「あぁ、一応残ってないかの確認と、もしも隠れてた場合の〝保険〟をな。という訳で、俺らお手製のご馳走を置いて来て貰った。多分旨過ぎて、食ったら〝天国〟まで逝っちまうぜ」

二人に置いて来て貰ったのは、文字通り俺らの料理。

焼いたマンガ肉に西田が作った〝調味料〟を摺り込んで、その上から赤ハーブの粉末を振りかけておいたモノ。

その調味料ってのが、薬草マニュアルの最後の方に載っていたキノコ。

無味無臭、見た目も割と普通。

食料を失ったウォーカーなどが、飢えを凌ぐ為に食べてしまう〝事故〟がたまに発生するらしい。

「なぁ、その調味料に使ったキノコ。資料にはいくつドクロマークがついてた？」

「五つくらいだったかな？」

「猛毒じゃねぇか！」

「だから良いんじゃねぇか、もし残っていても放っておけば一網打尽だぜ」

「えげつねぇ事するなぁ……」

カイルから凄い顔で見られてしまったが、食えない奴らなど知らん。

食うなら毒は使わんが、ゴブリンは食わん。

人型っぽいモンスターだから、もう少し色々感じる事があるかもと思ったのだが、何週間もサバイバルして来た俺達は〝敵〟であれば容赦なく殺せる様になっていたらしい。

慣れって凄いね、マジで人間相手になったら分からんけど。

「んまぁ、そんな事は良いとして。東は天ぷら作ってくれ、西田は味噌汁。今日は肉無しの夕飯な」

「「えー……」」

「夜食で作ってやるから……」

夜食の約束を経て、二人もテキパキと動き始める。

さて、そんじゃ俺は米の味付けをっと。

水を少なめに、醤油、みりん、酒、そして磨り下ろした生姜もポイッとな。

干し肉が結構塩辛いので、醤油は少し控えめに。

その干し肉と、細かく刻んだ野菜をどさーっと鍋に投入。

本来なら鶏肉の方が良いが、俺らが持っているのは例の如く魔獣肉なので使用出来ない。

どうせなら鳥が良かったなぁ……なんて思いながら蓋を閉め、コンロのスイッチをオン。

後は米が炊けるのを待つばかり、実に簡単。

「あ、北君。天ぷらに卵使うけど、良いのかな？　コレも魔獣の卵でしょ？」

「……あ」

完全に忘れていたので、二人そろってアイリの方を振り返れば。

「えっと、魔獣って認識されていない内は穢れたモノとして扱われなくてですね……セーフです」

「マジで区分が分かんねぇな……」

ただの食わず嫌いの意見を聞いている様で頭が痛くなる。

まあセーフってのなら存分に使わせて頂こうじゃないの。

※※※

「おぉぉぉ……」

誰かの口からそんな言葉が零れた。

〝悪食〟のメンバー達が拵えてくれた食事、それは野営では絶対に考えられない程豪華なモノだった。

皿が人数分無かったとかで、大きな葉っぱに乗せられた食い物達。

米が茶色かったのでピラフか何かの類かと思ったのだが、旦那の話では〝炊き込みご飯〟というらしい。

数々の山菜や肉も一緒に炊かれ、味が染みるんだとか。

その他も凄かった。

味噌を使ったスープにも山菜や芋がゴロゴロと入っていて腹に溜まりそうだし、そして〝天ぷら〟という食い物はフォークに刺した瞬間にサクッと良い音が響いた。

なんでも街で見かけるフライとは違い、もっと軽く食えるんだとか。

良く分からないが、食ってみれば違いも分かるだろう……だが。

「本当に魔獣肉は使ってないんだよな？　旦那」

「作ってるところを見てただろうに、使ってねぇよ。卵はセーフなんだろ？　だったら見ての通り野菜尽くしだ。干し肉はお前ん所から貰った奴だし」

「どうでも良いから早く食おうぜ！」

「そーだそーだ！」

ポアルとリィリの二人が、涎を垂らしながら抗議してくる。

お前らはもう少し警戒心を持て。

見た事もない料理が並んでるんだ、少しくらい観察しろよと言いたくなるが。

「お嬢様、彼らに食事を作っていただきました。立てますか？」

「ご飯……食べます」

横になっていた救助対象がフラフラしながら、俺らの輪に入ってくる。

ダウンしていた残る二人も、彼女と同じ様フラついているが食欲はありそうだ。

「本当に何から何まで……申し訳ございません、このご恩は――」

「そういうの良いから、早く食おうぜ。天ぷらは冷めるとあんまり旨くねぇぞ」

「あ、はい」

お貴族様の礼というか、挨拶ぶった切る旦那はマジで何者なんだと言いたくなる。

もう一人のお嬢にも、平然と悪態ついてたし。

街に帰ってから悪い事にならなきゃ良いが……。

「んじゃ食うか！　いただきます！」

「「いただきますっ！」」

〝悪食〟のメンバーが手を合わせてから、皆声を上げる。

あれが彼らの流儀なのだろう、であれば。

「んじゃ俺らもご相伴にあずかろうか。えーっと、いただきます、で良いのか？」

「「いただきまーす！」」

「では儂も……いただきます」

彼らの真似をして手を合わせてから、各々手にした食事を口に運ぶ。

確か天ぷらは冷えると旨くないと言っていたから、熱い内に喰ってしまおう。

まずはコイツから。

――サクッ。

フォークを刺した時にも聞いた、この良い音が再び響いた。

そして口の中に広がるのは軽い衣の触感と、野菜の甘さ。

フライより軽いってのは、こういう事だったのか。

確かに街中で食う揚げ物よりもずっとさっぱりしている。

だからといって味が薄いのかと聞かれれば、断じてそんな事は無かった。

簡単に塩だけの味付けだと言っていたが、むしろ塩だけで正解なのだろう。

まず衣《ころも》が旨い、触感が楽しい。

更には普段あまり野菜を好まない俺でも、天ぷらだったら無限に食えるんじゃないかって程、味がしっかりと感じられる。

なるほど、普段食っている鉄板に乗った付け合わせの野菜なんかは、そもそも中途半端だったのか。

適当に火を通して鉄板に転がすだけで、後は肉に掛かったソースの味しかしなかった気がする。

だがコイツは全くの別物だ。

コレが野菜の味だと言わんばかりに旨味が広がり、この軽い衣のお陰で飽きさせる事なくいつまでも食える。

かき揚げ、大葉、カボチャなどなど。

色々と名前やら説明やら聞いた気がしたが、もはや思い出せない。

全部旨い。

なんて事を考えながら夢中で食っていれば当然。

「て、天ぷらだけ無くなっちまった……」

しまった、無心になって自分の分の天ぷらを全て食い尽くしてしまった。

くそ、少しは残しておいて最後にも食えば良かった。

ぐぬぬっと悔しみを噛みしめながら周りの様子を窺ってみれば。

「あぁもう、私〝悪食〟に入ろうかな……」

「うめぇ、うめぇよ……もう保存食なんて食えねぇよ……」

「……」

ポアルとリィリのアホコンビは、涙を流しながら凄い勢いで飯を掻っ込んでいた。

そしてザズ。

鬼の様な形相を浮かべながら、二人よりも早い動きでガンガン飯を減らしてく。

よほど気に入った様だ。

そらそうだよな、野営でこんなモノを食えるとは思っていなかったのだ。

しかも下手な店より旨いと来たもんだ。

仲間達が夢中になるのも分かる。

特にエルフやドワーフなどの長寿連中は、食い物に目がないからなぁ……。

「凄いですね……外でこんなに美味しいものが食べられるなんて」

〝戦姫〟のお嬢は、驚きの表情を浮かべながら一つ一つ味わって食っている様だ。

その他のメンバーは俺らと一緒でガッついているが。

「お、お嬢様。もう少し落ち着いて食べた方が……」

「駄目です、無理です。止まりません」

最後に救助されたお嬢さんへと視線を移すが、意外な事にこっちのお嬢様は俺達寄りだった。

よほどひもじい思いをしたのか、食べ方は綺麗だがその細身の何処に入るのかという勢いで食べている。

いやはや何とも、最初はどうなるかと思われた遠征だというのに、最後には全員で飯を食う程になるとは。

これもアイツらのお陰ってなもんだ。

そんな感想を胸に、〝悪食〟の奴らを見てみれば。

「足りねぇ……やはり肉を……」

「コレだけの大人数だともう一回ご飯炊くにしても在庫が……あと帰りにも三日。お米が足りない……」

「あのご主人様方、落ち着いて下さい……」

「そういうミナミちゃんも、物足りなそうな顔してるわよ？」

一か所だけ、物凄くテンションが低かった。

腹いっぱいになるって程じゃなくても、結構な量があったよな？

男連中はまだ分かるが、女メンツまで足りないのか。

奴隷の子なんてウチのポアルとそう変わらなそうなのに、普段どれだけ食ってんだコイツラ。

なんて、呆れた視線を向けていると。

「足りねぇから天ぷらまた揚げるぞー。もっと食いたいヤツは手を上げろー」

悪食のリーダーの一言に、その場に居た全員が一斉に手を頭上に掲げた。

もちろん、俺も。

「おぉう……男連中は分かるが、皆結構食うのな。んじゃもちっと味を変えてみるか、同じ物ばかりじゃ飽きるだろ」

そんな事を言いながら天ぷらを次々と揚げていく悪食のリーダー。

いや、もう旦那と呼ぼう。悪食の旦那だ。

悪ふざけのつもりで旦那と呼んでいたが、これからはコレに固定しよう。

尊敬の意味も込めて。

旦那は手際よく野菜達を調理し、ものの数分で再び俺達の前に山盛りの天ぷらが並ぶ事となった。

そして、ひとつのビンを取り出した。

「天ぷらは塩で食っても旨いが、こっちでも旨い。柚子胡椒だ、興味のある奴は試して見な」

思わず手が伸びた。

悪食の旦那が旨いと言っているのだ。疑う余地なんて有りはしない。

そんな訳で、揚げたての天ぷらにサッと柚子胡椒を振りかけてから口に運ぶ。

すると。

「柚子胡椒って、柚子の匂いがするだけだろ？　とか思ってた昔の自分をぶん殴ってやりたい」

「揚げ物にはとりあえずソースかけてた私は、どれだけバカ舌だったんだろう……」

「旨い、旨い……」

ウチのメンバー達が、柚子胡椒をかけた天ぷらを口にしてからおかしくなってしまった。

とはいえ、俺も似た様な状態ではあるんだが。

「油物なのにさっぱりするって、こりゃどう表現したら良いんだろうな……旨い。サクッと来る天ぷらもうめぇし、口に入った瞬間に鼻に抜ける柚子の匂いも良い。後味もすげぇ……あぁ、酒飲みてぇ……」

それくらいに、旨かった。

後付けの調味料で、こんなにもガラリと変わるモノなのか。

マジで悪食の飯を食っていたら、そこらの飯じゃ満足出来なくなるかもしれない。

香りを楽しみ、触感で楽しませ、ジワリと舌に広がる満足出来る味わい。

こんなにも食事で色々考えたのは、いつぶりだろうか？

思わずじっくりと味わってしまう程に、〝旨い〟。

とはいえ、ゆっくり食っていると周りに取られちまう訳だが。

こりゃ……街に帰ったら食費多めに払ってやんねぇとな。

※※※

あれから三日。

俺達はやっとの思いで街まで帰って来た。

行きは気分的に悪いモノだったが、帰りはまだマシ……なんて思っていた頃が、俺にもありました。

「ご主人様方、本当にお疲れさまでした」

「おう……」

「まさか三食とも全員分作る事になるとは……」

「やぁ……流石に疲れたね。食材もほぼ空っぽだ」

「魔獣肉以外は、だけどねぇ。三人ともお疲れ様」

帰りはとにかく忙しかった。

俺らが五人、戦風が四人、戦姫が四人。

そして救助した連中が六人だ。

計十九名ですよ、多いよ。

給食を作るおばちゃんか、定食屋の店主にでもなった気分だった。

しかも皆食うわ食うわ。

救助したお嬢さんでさえ、他のメンツに負けず劣らずいっぱい食べた。

しかも炊き込みご飯が随分と気に入ったらしく、何度もせがまれてしまった。

本来なら鶏肉の方が旨い、しかも他にも色々ある。なんて言ってしまったのが運の尽き。

「私は魔獣肉でも構いません！　なので是非鶏肉を使った〝炊き込みご飯〟を！」

「いけませんお嬢様！」

などというやり取りが、一日一回くらいはあった気がする。

流石に無理、貴族のお嬢様にそんなもん食わせたら俺が社会的に殺される。

雑炊とか、チャーハンとか、そんなモノばかり作って誤魔化し。

最後には携帯食料のパンなんかも手を加えて食べる羽目になった訳だ。

あれ、そういやアイリも貴族なんだっけか？

魔獣肉食わせちゃったけどいいのかな？　後で聞いてみよう。

「何かあった時には指名依頼を出させて頂きますから、今後ともよろしくお願いいたします。特に〝悪食〟の皆さまには、我が家でまたお食事を作って頂きたいくらいなのですが……」

「それは勘弁してくれ……」

流石に家で出てくる飯の方が旨いだろうに、貴族なんだから。

何度もブンブンと手を振りながら、お嬢さんは馬車に乗せられ自宅に送還されていった。

やっと終わった、そんな風に思うと思わずため息が零れた。

「お疲れさん、楽しかったぜ〝悪食〟」

「またご飯作って下さい！」

「儂からも是非頼みたい。儂は老い先短いのでな、今度は魔獣肉も……」

「ザズ……」

それぞれ別れの言葉を交わしながら、〝戦風〟のメンバー達が去っていく。

あいつ等とは今後も仲良く出来そうだし、街中で会った時は声でも掛けてみよう。

「さて、それじゃ俺らも行くか」

「「おうよ」」

そう言ってから先程来た道を戻ろうとしたら、アイリと南に止められてしまった。

「何処へ行かれようとしてますか？　ご主人様方」

「何処ってそりゃ……森へ」

「野菜殆ど使い切っちゃったし」

「ハーブも心許無いからなぁ、補充しておかねぇと」

俺達の返事に、二人は大きなため息を溢した。

何故だ、解せぬ。

「ご主人様、本日は宿で休みましょう。それにドワーフの皆さまの所へ行かなくてよろしいのですか？」

「あ」

「ギルドへの報告もねぇ。とりあえず結果報告だけして、詳細は後日って事になると思うけど。なのでしばらくサバイバル禁止でーす」

「げ」

色々と忘れていた。

やる事が多い……俺らはまったりサバイバルしている方が性に合っているんだが。

なんて珍妙な事を考えていると、今度は金髪お嬢が声を掛けてくる。

「簡単な報告は私の方で済ませておきます。なので〝悪食〟の方々はこのまま宿でお休み下さい。依頼人からの確認はすぐ済むでしょうから、詳細報告、報酬などは明日以降になりますわね。なので今日は、ゆっくりして下さいな」

「……誰」

「なっ⁉　散々一緒に行動したじゃないですか！　何を今更！」

分かっている、分かってるんだけどさ。

誰だよこの子、あんなにキンキン叫んでいた金髪お嬢は何処行ったよ。

棘が無いよ。

俺らを散々ルーキールーキーと馬鹿にしていたあの子は、いったい何処へ行ってしまったの。

「わ、私だってちゃんと反省しています。皆さまには本当にご迷惑を……」

「あ、うん。はい、まぁいいけど」

お嬢の棘が無くなっただけでは無く、彼女のパーティメンバーさえも毒が抜けた様な顔をしてやがる。

従者みたいな雰囲気があったのに、今ではちゃんと仲間としての意識が芽生えている様だ。

何だお前ら、青春ドラマの登場人物かよ。

良く分からない感想を洩らしている内に、彼女達は清々しい顔のままギルドの方角へと歩き去って行った。

「変われば変わるもんだなぁ」

「「ねー」」

「変えた本人が何言ってるの」

呆れた顔を浮かべたアイリに、ベシッと背中を叩かれた。

まあ、何でもいいか。

とにかく仕事は無事に終わったんだ。

しばらく街に居ろというのは若干の不満はあるが、買い出しを先にすれば良い。

「んじゃ、俺らも宿取るか。そんで祝杯でも上げようぜ」

「お、いいね。野営中は流石に飲めないからな」

「だねぇ、ドワーフの皆も誘う？　せっかくなら新しい装備の具合も聞きたいし」

「であれば庭を貸してくれる宿を新たに探しましょう。魔獣肉を振る舞う約束ですし」

「あ、話に出てた魔獣肉食べたがってるドワーフ？　であれば支部長に報告しないとだから、一度私もしっかりお話ししたいかな」

随分と賑やかになった俺らのパーティは、祝杯を挙げる為に街の中へと歩んでいく。

〝こちら側〟に来てから、随分と長い時間を過ごして来た様な気になるが、まだ一か月くらいなんだよな。

仲間も増えて、他のパーティとも仲良くなって、いっちょ前に専用装備を作って貰う程だ。

なかなかどうして、順調じゃないか。

最初はあんなにも不安だらけだったのに、今では毎日楽しく過ごしている訳だし。

これからもこんな日々が続くのだろう、思わず微笑みを浮かべながら空を見上げる。

「いつか、姫様には礼をしないとな」

彼女の助けが無ければ、この生活だって存在しなかったのだ。

随分遠くに見えるお城を眺めて、今は心の中だけで礼を伝える。

まだまだ始まったばかりなのだ、焦る事は無い。

でもいつか、ちゃんと感謝を伝えよう。

「こうちゃーん、どしたー？」

「北君おいてっちゃうよー？」

最初から苦楽を共にした、頼もしい仲間達。

「ご主人様、参りましょう」

「キタヤマさーん？　早く飲み行きましょー？」

そして新しい仲間にも囲まれて、俺はこの世界を生きている。

悪くない、むしろ昔よりしっかりと〝生きている〟と感じている。

「おう！　今行く！」

だから今日も、俺は仲間達と共に居る。

きっと明日も明後日も、このメンバーで馬鹿みたいに笑って。

今度は何処へ行ってみようか、何を食ってみようか。

そんな事ばかりを考え、〝今〟を楽しみながら。

俺達は〝こっち側〟で生きていくのだ。

さて、今日もこれから飲み会の準備だ。

トール達も居るから、いっぱい作ってやんねぇとな。

んな訳で、俺達は今日も〝男飯〟を拵える。

コレが、俺達にとっての異世界生活なのだから。

【第七章】★〝悪食〟報告書

「はぁぁぁ……」


部屋の中に、大きな大きなため息が響き渡る。

本当に、何故こうも事態が様々な方向へ急に動くのか。

悪い変化ではない、むしろ良い変化だと言えるだろう。

だがしかし、あまりにも急過ぎるのだ。

「戦姫も、依頼人も、アイリですら……皆勝手を言いおって」

書類は増え、仕事も増え、様々な思考が飛び交って胃が痛くなる。

ダメだ、コレ以上仕事が増えたら白髪が増えそうだ。

まず〝戦姫〟のパーティ。

あの我儘娘はすっかりと鳴りを潜め、随分と落ちついた雰囲気で報告をしてきた。

そこまでは良かったのだが、何と今回の報酬の受け取りを拒否すると言い出した。

その他のパーティに自分の分を支払ってくれ、との事。

更には今までサポーターとして扱っていた〝戦姫〟のパーティメンバーを、全員しっかりとウォーカーとして登録。

そして最後に〝戦姫〟のパーティを解散する旨を告げてきた。

どうしてこうなった。

メンバー達には急に職が無くなったりしない様、彼女の方で支援するから問題ないと言っていたが……私としてはそっちじゃないんだ。

性格はアレだが、〝戦姫〟は貴族の間ではそれなりに有名なパーティだった。

そして女性という事もあり、貴族女性の護衛依頼などが多かった。

本人もそれなりの地位にある貴族であった為、護衛対象ともつつがなく仕事をこなしてくれていたというのに、ソコに穴が開いてしまう形になる訳だ。

彼女自身がウォーカーを辞めるという訳では無いそうなので、ひとまずは安心したが……パーティでない以上、そういった護衛任務に就かせる訳にいかないのだ。

どうしても人手が足りない上に、彼女一人ではランクCという立場も危うい。

あくまで支援の魔法ありきで戦い、パーティとしての活躍でランクを上げて来た彼女。

「ランクを下げて貰って構いませんわ。むしろ最初から始めるくらいの気持ちで居ますので。どうか解散手続きの程、よろしくお願いいたします」

それだけ言って、彼女達は去って行った。

本当に何があったのだろうか？　詳細は後日と言われたが……。

そして次に、今回の依頼人だ。

救助されたご令嬢の父親、彼が娘から話を聞いて慌てた様子でギルドへと駆け込んで来たのだ。

ゴブリンに攫われたとなれば、〝綺麗な状態〟で帰ってくる事の方が少ない。

魔物の子を宿してしまって居たり、心が壊れてしまっていたり。

更には飢餓状態で帰って来たり、遺体となって言葉ない帰宅となる事も少なくない。

まさかご令嬢がそのどれかに当たる状態で、クレームでも入れに来たのかと覚悟したのだが。

「娘から緊急事態の知らせが届いた時には肝を冷やしましたが、まさかここまで早く解決して頂けるとは。国だけではなく、ウォーカーに依頼を出したのは正解でした」

「えぇ、まぁはい……我々としても、ご令嬢が無事で何よりです」

「本当に助かりました……ありがとうございます。娘の貞操は守られましたし、護衛達も全員無事。ボロボロになって帰ってくると思っていたのに、むしろ普段より元気な様子で〝悪食〟の事を語っていまして」

「そ、それはまた……お元気そうで何よりです」

「それで、その〝悪食〟というパーティ、魔獣肉を喰らうそうですね？」

「ま、まさか奴らっ！　ご令嬢に魔獣肉を⁉」

コレが本題かと、心底背筋が冷えた。

成果は十分に上げたのに、魔獣肉を食わせたとなればむしろ賠償する必要性が出てくるだろう。

ダラダラと嫌な汗を流しながら相手の言葉を待っていると。

「いいえいえ、娘や仲間達には山菜などを使ったご馳走を作って頂いたそうで。どれも美味しかったと何度も聞かされましたよ。はっはっは」

「そ、そうですか……それは良かった……」

ドッと全身から力が抜けた。

良かった、流石に彼らもそれくらいは認識していたか。

はぁ……と安堵のため息を溢したのもつかの間。

「それで、支部長としては魔獣肉の話はどうお考えですか？　魔人になる、というアレです」

「そちらは現在調査中でして、彼らも食べ始めてからまだ一か月程度なのです。今のところ〝人族〟から変化はないので、このまま行けば魔獣肉は食べられるモノとして発表出来るかもしれませんね。早くとも半年、一年後になるでしょうが」

「そんなに先ですか……」

「えぇっと？　どうかなさいましたか？」

「それが……」

なんでも今回救出されたご令嬢。

〝悪食〟のメンバーをいたく気に入ってしまったらしく、何としてでも彼らに依頼を出したがっているらしい。

しかも、野営を含む形で。更には。

「彼らが作るモノなら、魔獣肉だって絶対に美味しい筈です！　食べてみたいのです！」

そう言って聞かないそうだ。

おかしいな、救助されて街に帰って来たばかりのご令嬢だった筈。

普通なら疲れ果てて、数日は寝込んでしまいそうな状況だったであろうに。

何故そこまで元気なのだろうか。

「このままだと私の知らない所で勝手に依頼を出し、魔獣肉を要求してしまいそうな勢いでして。なので、魔獣肉の影響報告をこちらにも回してほしいのです。もちろん報酬は出します。できるだけ早く安全だと確信できれば、あの子に食べさせてあげられますから……そうしないと、ウチのコックの胃に穴が開きそうな勢いでして……」

「そ、そんなにご所望なのですか……」

何でこうなってしまったのだろう。

〝悪食〟の事だけでも、私としては十二分に重い案件だというのに。

何故こうも様々な仕事が舞い込んでくるのだろう。

「では、そういう事で〝くれぐれも〟よろしくお願いします」

やけに強調しながら、彼は報酬金額の倍以上も置いてギルドを去って行った。

娘が無事に、更には元気いっぱいで帰ってきて嬉しいのは分かるが、これは金額が多過ぎだ。

まるで賄賂の様に感じられてしまうが、報酬金は手数料を除き全てウォーカーに支払われる。

詰まる話〝悪食〟と〝戦風〟二つのパーティにとんでもない金額が支払われるという事だ。

報酬追加の書類も作らないといけないのか……どんな理由で支払われたのか、それは正当なモノなのか？　など色々書かなければいけないのだ。あぁ、仕事が増えていく。

「支部長ー、ただいま戻りましたぁー」

頭を抱えていると、以前よりも更に軽い雰囲気のアイリが入室してきた。

もはや完全にウォーカーに戻っている様な状態で、受付嬢らしさは欠片もない。

「戻ったか、アイリ……」

「随分お疲れですねぇ。あ、これまでの報告書でーす。それじゃ私はコレで」

「おい」

そのまま帰ろうとするアイリを呼び止め、詳細を聞き出そうとするが……。

「詳細は後日皆と一緒で良いじゃないですかー、今日は打ち上げなんで早く戻りたいんですけど」

「あのな、アイリ。お前はギルド職員であって、今は仮で〝悪食〟に参加しているだけなんだからな？」

「ギルド辞めて〝悪食〟に入ろうかなぁ……」

「マジで勘弁してくれ……」

ギルドも人手不足だというのに、恐ろしい事を言い始めるアイリ。

そして彼女は職員としてかなり優秀な部類に入る。

その彼女が退職などしてみろ、主に受付方面の人間が大激怒するだろう。

「とにかく報告は後でも良い……ただし来週は受付に戻る事。仕事が溜まっている」

「えぇー！　私も被検体なんですから、彼らと一緒に居なきゃ意味ないじゃないですか！」

「……久々のウォーカーは楽しかった様だな」

「そりゃもう。楽しいし美味しかったです」

「……そうか。しかし来週はギルドで仕事だ」

「退職届書いておきますね」

「マジで止めろ」

そんなやり取りの後、彼女もまた軽い足取りで去っていく。

残されたのはアイリが作った報告書。

何とも分厚いが、コレも読まなきゃいけないし、他の仕事もしなければいけない。

あぁもう、何故こうも……いや、愚痴っていても仕方がない。

早いところ報告書を読んで、さっさと次の仕事に移ろう。

頭を切り替えて、彼女の報告書を開き始める。

そこに書かれていたのは。


同行初日、シャドウウルフやビッグボア、ホーンラビットなど様々な種類の魔獣と遭遇。

一日にコレだけの魔獣と遭遇する時点で異常だとは思うが、彼らが特殊な薬草を使用し、呼び寄せて端から狩っているので仕方がない。

彼らの戦闘方法はかなり単純なものだったがレベル以上の〝何か〟が感じられる。

おそらく近い内に何らかの〝称号〟を手に入れるだろう。

そして――。


読めば読むほど分からなくなる。

単純に彼らが強いというだけなのか、それともやはり魔獣肉の影響なのか。

しかし魔人には変化しない上、奴隷の娘もコレと言って不具合は起こっていないらしい。

強いて言えば、どんどん健康になっている様に見えると書かれていたくらいか。

「ん？」

報告書の最初は彼らの戦闘や性格、どんな活動をしているのかという報告が書かれていた。

だというのに、途中からはガラリと雰囲気が変わる。


今日のご飯、ウルフ肉の照り焼きバーガー。

醤油やみりん、料理酒などを上手い割合で組み合わせ、表面がパリッとするくらいに焼く。

更にはレタスや火を通した玉ねぎなども合わさり、かなりの絶品。

最初は狼の肉を喰らうのに抵抗があったが、しっかりと引き締まったお肉は噛めば噛むほど旨味が広がる。

おかわりを要求すると、嫌な顔一つせずリーダーのキタヤマさんが作ってくれる。

ヤバイ、ホレるかもしれない。

更に二つ目はチーズまで入れてくれた、とても美味しい。

どうやら時間停止機能付きのマジックバッグを持っているらしく、挟んでいるバンズも焼きたての様にフワフワだ。

これはヤバイ、もう受付の仕事とか戻れないかもしれない。

美味しいし楽しい、しかもこのパーティ凄く居心地が良い。

どんな時でも適切で無理のない仕事が与えられ、全員が全員をフォローしている。

こんなにも仲の良いパーティはなかなか見ない。


「おい、なんの報告書だコレは」


本日のご飯、ホーンバイソンのステーキ。

何でもこのステーキ、表面をフォークで軽く突き、バターを染み込ませてあるらしい。

更には下処理の段階で塩胡椒、そしてハーブの類も仕込んでいるとの事。

この時点で既に分かる、コイツは美味しいヤツだと。

主食はパンとお米どちらが良いかと聞かれたので、皆と同じモノでと答えた。

そしてついに鉄板の上に並べられる肉厚のステーキ達。

ジュウジュウと食欲を誘う音が立ち込める中、隣ではスープが煮込まれていく。

もはやこの時点で駄目だ、グゥグゥとお腹が情けなく鳴ってしまう。

女として恥ずかしい事ばかりだが、それでもメンバーは誰一人として気にしない。

行き遅れとはいえ女を捨てるつもりはないが、この時ばかりは〝コレで良い〟のだと思わせてくれる雰囲気が非常に心地よい。

そして更に進む調理――。

「うん、本当に何を見せられているんだ俺は……とにかく続きを……」

何でも油を敷いた後すぐに、薄切りにしたニンニクを入れ、焦がさない程度に熱しておくのが大事だと教わった。

更に追いバター。ジュワァッ！　と良い音を立てながら投入される。

醤油で味を付けながらも、キタヤマさんは一分程度でステーキを裏返してしまう。

当然まだ生焼けなのだが、それで良いらしい。

たまに鉄板の上から取り出し、余熱で火を通したりとなかなか手が込んでいた。

その後もそんな事を続け、最終的に目の前に並んだのは……。

「ゴクッ……飯の前に何てモノを読ませやがる……」

ガーリックバター醤油の厚切りステーキと、付け合わせには人参とジャガイモとブロッコリー。

野菜にはお好みでマヨネーズか、ステーキにも使ったソースを選んでかけてくれと言われた。

どっちにするか悩んでいると、おかわりもあるから両方食べれば良いと言ってくれた。

ヤバイ、このパーティ好き。

そして更には大盛りの真っ白ご飯と、オニオンスープ。

お肉に脂が多いから、スープはさっぱりに仕上げたのだとか。

皆で食前の挨拶をしてから、ステーキにナイフを入れたその瞬間。

切っただけで分かった、コレが本物のステーキというモノなのだと。

ミディアム程度の焼き加減にもかかわらず、とにかく柔らかいのだ。

スッとナイフが入っていく感触、そして切った場所から漂う牛肉とソースの濃厚な香り。

一切れ口に入れてみれば、肉の旨味とガツンと来るソースの猛攻だった。

バターを染み込ませた事で、こってりとしながら肉油と合わせて染み出してくる旨味の凝縮された肉汁。

更には噛めば噛むほど満足感の得られるお肉は、多分これまで食べた中でも一番のモノだった。

キタヤマさんの言う事には、もっと霜降りな部位もあるらしい。

そっちを食べた時には、いったいどうなってしまうのか。

コレだけでも十分に美味しいステーキだというのに。

そしてまた味付けがご飯と抜群に合う。

お肉、ご飯、お肉、ご飯とずっと続けてしまいそうな勢いだった。

流石にそれだけでは口の中がどうしても脂っこくなってきて、合間に啜るスープがまた絶品。

さっぱりとした風味だが、どこか奥深い味わい。なんでも玉ねぎの他に、ハーブや他の魔獣の肉の切れ端、その他旨味が出る山菜などが使われているらしい。

とてもスッキリする。

スープだけでもずっと飲んでいられそうだが、今はお肉だとばかりにリセットされた口に再びお肉を放り込めば――。

「うあぁぁぁぁ！　やってられるかあぁぁぁ！」

思わず、報告書をぶん投げた。

ダメだ、これは読まなきゃいけないものだが、読んだらいけないものだ。

もう口の中の唾液が恐ろしい事になっている。

アイリの奴……飯の事ばかりこんなに詳しく書きやがって。

読んでいるだけで腹が減る。

まだギルドの食堂は開いていた筈。

「……夜食を買って来てから、続きを読むか」

そんな事を呟きながら、腹の虫を抑えて席を立つ。

何の心配もなく食べられるなら、彼らの打ち上げに今からでも参加したい気持ちでいっぱいになってしまった。

この時の私には予想できなかったが、今後もこの苦難は続く。

アイリを彼らに同行させる以上、こんな飯テロがずっと続くのだから。

あぁ、もう俺も魔獣肉食っちまおうかな……なんて心が折れそうになるくらい。

アイリの報告書は、とにかく旨そうなモノばかりが書かれているのであった。

【書き下ろし番外編】★二人でお買い物

「あ、あのアイリ……様。私は何処へ連れて行かれるのでしょうか?」

「いいからいいから。見ている限り装備くらいしか揃えてないでしょ? 女の子には普段から色々必要な物が多いんだから」

不安そうな表情を浮かべる奴隷少女、もといミナミちゃんの手を引きながら街中を散策していく。

今回仮メンバーとして彼らのパーティに参加する事になった私は、久々にウキウキした気持ちを隠しきれずにいた。

様々な経験を経てウォーカーを引退した身ではあるものの、やはり一度冒険というモノを覚えてしまうと、普段の仕事が退屈に感じてしまうのは仕方がない事だ。

それに、今回の彼らは非常に面白い。

色々とおかしなところはある癖に、変に態度が紳士的だったり、子供っぽかったり、蛮族だったり。

見ていて非常に飽きないメンツが揃っている。

それに加えて、魔獣肉を食べる。

どこまでもぶっ飛んでいて、どこまでも楽しそうに生きている様に見えたのだ。

だからこそ、この堅苦しい常識の外側に生きている様な彼等と、共に冒険をしてみたいと思ってしまった。

「とはいえ、私は奴隷です……あまり個人の物を購入する訳には……」

「リーダーからお小遣いを預かってます。なんと、金貨一枚。必要なモノは全部揃えてくれってお願いされましたので」

「き、金貨⁉　ダメです！　ちゃんとした装備と食べ物が頂けているだけでも贅沢なのに！」

ふむ、やはりそういう反応になるのか。

随分と年齢の離れている女の子を買って来たから、もしかしたらトンデモない事でもしているのかと疑った事もあったが……この様子だとその心配はなさそうだ。

十分に大事にして貰っている様子だし、彼女自身も彼等の事を慕っている様に見える。

もしも酷い扱いを受けている奴隷なら、こんな反応はしないだろう。

「ねぇ、ミナミさん……ミナミちゃんで良いかな？　あのさ、彼等の事どう思ってる？」

「どう、とは？」

キョトンとした顔で首を傾げてしまう少女。

もうこの反応で、彼等と居るのが〝当たり前〟になっているのだと思える行動だ。

普通の奴隷なら無理してでも「良いご主人様です」とかすぐに返して来たり、「私の考えなど関係ありません」なんて言葉が返ってくるだろう。

何たって下手な言葉を口から滑らせ、ソレが主人の耳にでも入ったりすれば、明日にはどうなるか分からないのが奴隷という存在なのだから。

それでも彼女は奴隷云々を抜きにして、自身が主人である彼等をどう思っているのかを真剣に悩み始めている。

「当然ご主人様ではある訳ですが、どう思っているか……ですか。そうですね……」

う～んう～んと頭を揺らしながら、ピコピコと猫の耳が揺れ動いている。

悩んでる悩んでる。

主人と奴隷という関係以上の答えを、彼女は導き出そうとしているのだ。

この時点で彼等が奴隷、または女性に対して酷い扱いをする人物達ではない事は分かる。

まるで彼等の事を信用していないから調べている、という様に見えてしまうかもしれないが……普通にあるのだ、そういう事は。

奴隷とは〝使う〟モノであり、女性は欲望のはけ口。

そんな風に思っている大馬鹿者達は、案外多い。

「えっと、答えになっているかどうかは分かりませんが……」

答えが決まったのか、少女はポツリポツリと言葉を紡ぎ始める。

「とても暖かいんです、ご主人様達は。頑張って皆で戦って、皆で美味しいご飯を食べて、いつだって皆で笑っている。いいえ、〝笑っていられる様に〟皆様頑張っている。ソレが、凄く眩しく感じます。そう感じているのに、自然と私みたいなのも、その輪に加えてくれる人達です。私にも仕事をくれて、褒めてくれて。出来ない事は無理にやらせないし、出来る様になりたいと望めば教えてくれる。この世界にはこんな人族も居るんだって、初めてそう思えた人達です」

へぇ、と思わず感心してしまった。

もちろん彼女の感想で、全てが言葉通りじゃないのかもしれない。

それでも、その言葉を信じるなら。

とんでもないお人よし、というより悪意を知らない様にも感じてしまう程〝真っすぐ〟だ。

こんな世界だ、誰しも何処かで腐ったり曲がったりしてしまう事の方が多い。

彼等だって、嫌な事を何も知らずに生きて来た訳じゃないだろう。

いや、違うか。

嫌な事をたくさん知っているからこそ、他のモノを大事に出来るという事なのかもしれない。

コレばかりは、長い事彼等を観察してみないと分からない事なのだろうが。

「ミナミちゃんはあの人達の事、好き？　離れたくないって思える？」

「……はい、大好きです。自分でもびっくりしているんですが、あの人達以外に買われる未来なんて想像したくないという程に、離れたくないと思っています。ちょっと……いえ、かなり変わった方々ではありますが」

困り顔を浮かべながら、彼女は綺麗な笑みを返して来る。

それに、今度は即答だったな。

照れている様子はあるものの、彼女の好意として告げたその言葉に全くの嘘は無い様に思えた。

「そっか、なら安心した」

「どういう事でしょうか？」

「どういう事なんでしょうね？」

不思議議そうな顔を浮かべる彼女に笑みで返し、話をはぐらかしてから再び歩き始める。

馬鹿正直に彼等の事を聞き出そうとしていました、なんて言ったら彼女は不機嫌になってしまうだろう。

それでは、せっかくのお買い物が台無しになってしまうではないか。

「とりあえずさ、女の子の生活必需品とお洒落な服でも買おうか」

ズビシッ！　と指を立てて見せれば、彼女は困った様に視線を逸らした。

「ですが……私は奴隷ですし、ご主人様のお金を無駄に使う訳には……」

「ちなみにミナミちゃんがゴネる時は、金貨一枚使い切るまで帰って来るなって言われてます」

「なっ⁉　そんなっ、無理です！　金貨を使い切る程の買い物なんて私には出来ません！」

もちろん、嘘だが。

だというのに、ミナミちゃんはとんでもなく慌てた様子で両手を振り回している。

うん、この子は分かりやすい上に可愛い。

そんでもって、他のメンバーも見ていた以上に絡みやすそうだって事が分かった。

今の段階ではそれだけでも十分な情報収集になったと言えるだろう。

「という訳で、必要なモノとお洒落出来るモノを買いに行きましょうか。貴女《あなた》がみすぼらしい恰好をしていれば、彼等の評価にも関わりますよ？　良いんですか？　彼等は奴隷にろくなモノを買ってやらない酷い主人だ、なんて噂が立っても」

「それは困ります！」

今まで以上の反応で食いついてくるミナミちゃん。

それだけ彼等の事を思っているのだろう。

自身の為にではなく、彼等の為にならこの子はどこまでも女の子になれる。

今よりずっと可愛く、綺麗になれるのだろう。

そう考えると、思わず顔がにやけてしまった。

あぁ凄い。

この子も滅茶苦茶純粋だし、真っすぐだ。

ホント、彼等にはピッタリなパーティメンバーだ。

「お、お願いしますアイリ様！　私に買い物を教えて下さい！　私のせいでご主人様の評価が落ちるのは嫌です！」

「はいはい、元からそのつもりだから心配しないで？　あんまり時間も無いから、今日はそんなにいっぱいは回れないけど」

慌てた様子の少女を宥《なだ》めながら、手を引いて歩き出す。

あぁもう、本当に可愛いなぁ。

なんて事を思いながらも、まずは下着やらインナーやら。

そして月のモノの道具やら。

やはりこの辺りは男性陣では対処できなかった様で、使い方から何から教える事になったが。

とにかく、色々と買い揃えていった。

試しにちょっと過激な下着を勧めてみれば、真っ赤な顔をして脱兎のごとく逃げ出した。

「す、すごくいっぱい買ってしまいました……」

「これくらいまだ序の口よ？」

「まだ買うんですか⁉」

そもそもまだ見せる服を買ってないでしょうに。

普段着やら寝間着やらはどうするつもりなのか。

なんて呆れ顔で言ってみれば、彼女はハッとした様子で天を仰いだ。

「一日でこんなにお金を使う事になるとは……」

「今までの服はどうしていたのよ……」

「えっと……ご主人様達が選んでくれたのを、安い順で買って頂いていました」

「あちゃー」

それは多分、男性陣側にもダメージが多かった事だろう。

頑張って女性服の店に足を踏み込んで、せっかく選んだのに安いのしか選んでくれなかったのだろうから。

ん？　待て。

まさかあの鎧のまま店内に入った訳じゃないよね？

流石に普通の恰好だったよね？

そこは信じるよ？　鎧のまま女性服を選ぶ男三人衆とかホラーでしかないからね？

「本当に、良いのでしょうか。私達は殆ど街の外で野営しておりますし、着ているのは鎧の事が多いです。だというのに、普段着など……」

ペタンと耳を折り曲げながら、ミナミちゃんは下を向いてしまった。

コレだけでも結構可愛い行動である事を、彼女は分かっているのだろうか。

普通にこんな行動する子なら、そりゃ男性陣は可愛い恰好して欲しいよね。

でも、見た目ではなく安さでしか選んでくれなかったと。

服を選んだその日、彼等三人衆で「俺ら、服のセンスないのかな……」なんて言っている光景が目に浮かぶんだが。

頑張れ、男三人衆。

「とはいえ、野営から戻って数日は街に居る訳でしょ？　皆その間もずっと鎧を着ている訳じゃないんだし、ちゃんとしたモノ揃えちゃおうよ。それに可愛い恰好したミナミちゃんを、皆だって見てみたいでしょ」

「……い、です」

「はい？」

「街に居る間も、皆様鎧です……基本的にお風呂や寝る時以外は殆ど脱ぎません。野営の時は、寝る時も鎧ですし。自分達は良いから、お前は服を買えって言われるんですけど……」

「おぉっと……」

同情した私が馬鹿だった。

そんな事を主人がしていたら、奴隷の子が普通の服が着たいなんて言える訳がないじゃないか。

大馬鹿者共め。

買って良いと言われても、上の者がやっていない事を下の者が気兼ねなく出来る訳がない。

これは、無理矢理にでも服を購入する必要がありそうだ。

一回突っ走ってしまえば、後はどうにでもなる。

新しい服に身を包む彼女を見て、彼等が褒めるくらいしてあげれば、きっとこの子だってもっと新しい服が欲しくなる筈だ。

「いよしっ！　買いに行きましょう！　とびっきり可愛くしてあげるから！」

「えと……」

「言い訳無用！　ミナミちゃんは可愛い服を買って、アイツらに見せびらかす！　いいわね⁉」

「は、はい」

勢いで押し切ってから、ズンズンと街中を進み始める。

こうなったら、マジで金貨使い切る勢いで買ってやろう。

普段着、寝間着、化粧品などその他諸々。

そんな訳で、私達の買い物は随分と長い事掛かってしまうのであった。

店をはしごしながら、とにかく彼女に似合う服を捜していく。

その途中。

「あっ」

「どうしたの？　何か気に入ったモノを見つけた？」

散々着せ替え人形になって疲れ果てていた彼女が、珍しい反応を見せた。

その視線に有るのは……道具屋？

店のショーケースに並べられた物品に向かって、テッテッテと音が鳴りそうな程軽い足取りで走っていくと、彼女はガラスに両手を張り付けて中を覗き込んでいた。

「何を見つけた……のって、え、コレ？」

そこにあったモノは、この歳の少女が欲しがる様なものでは絶対にない筈の物だった。

「はい、とても便利そうで。ご主人様方がご飯を作る際、やはり毎度大変そうにしていらっしゃるので」

全くこの子は、どこまでもご主人様優先なんだな。

まぁ、それくらいに慕われているという事なのだろうが。

「はぁぁ……まさか今日一番の反応を見せるのが、〝コレ〟だとはね」

「す、すみません。残りのお金じゃ買えませんし、もう行きましょう」

そう言って店から離れようとする彼女の手を掴み、店の中に突入した。

「ア、アイリ様？」

困惑するミナミちゃんを無視しながら、店員を呼びつけ先程の品物を指さした。

「コレ、買うわ。いくらかしら」

「アイリ様！」

「プレゼントよ。私から、貴方達パーティに。だから気にしないで」

お値段、銀貨八枚となかなか高額。

しかし、独り身のギルド受付嬢を舐めるなよ？

これくらいポッと買えるお給料を貰っている上に、お金の使い道は生活費とお酒くらいなものだ。

お金持ちという訳ではないが、別に困っている訳でも無い。

「い、良いのでしょうか……」

「気にしないで。パーティの新規加入者がお土産を持って行くなんて、良くある事だから」

そう言ってから、〝ソレ〟を担いだ。

ふむ、結構大きいな……。

ちょっとだけ苦い顔をしながらも、別に悪い気分じゃないし無理をした訳でもない。

こんなの一つでこれからの関係が上手く行くのなら、むしろ儲けものだ。

とはいえ。

「まさか、今日最初にねだられたモノが〝魔導コンロ〟とは……」

「なんか、すみません……」

「いいっていいって。さ、買い物を続けましょう？」

「一旦荷物を置きに行くとかしないんですか!?」

そんな訳で、買い物は続く。

あぁ、明日からが楽しみだ。

このパーティはどんな活躍を見せてくれるのだろう。

どんな冒険をさせてくれるのだろう。

彼等のパーティの名前は、まだ登録されていない。

むしろ考えてさえいない気がする。

だから、それならば。

「ふふっ、勝手に登録しちゃうんだからね」

彼等のイメージ、勝手な妄想。

そんなモノを詰め込んで、私が好きに名付けてやろう。

そしてもう、名前は決めてあるんだ。

「パーティ〝悪食〟。さぁ、私を楽しませてね？」

何でもかんでも全てを喰らう彼等にとって、コレ以外の名前なんて思い付かなかったのであった。

勇者《ゆうしゃ》になれなかった三馬鹿《さんばか》トリオは、今日《きょう》も男飯《おとこめし》を拵《こしら》える。

2021年8月31日　第1刷発行

著　者　くろぬか

発行者　島野浩二

発行所　株式会社双葉社

〒162-8540　東京都新宿区東五軒町3番28号

［電話］03-5261-4818（営業）　03-5261-4851（編集）

http://www.futabasha.co.jp/（双葉社の書籍・コミック・ムックが買えます）

印刷・製本所　三晃印刷株式会社

［電話］03-5261-4822（製作部）

ISBN 978-4-575-24434-2 C0093　©Kuronuka 2021